私に触れない貴方は、もう要らない

CHARACTERS
登場人物紹介
カイゼル・オーウェン
辺境伯家の次男で、セイラの従兄。
次期辺境騎士団長。
明るく人懐っこい性格で周囲に
慕われるが、親友を亡くしたトラウマに
囚われている。アシュリーに密かに
恋心を抱く。
アシュリー・セルジュ
ライナスの妻。誠実で心優しい女性。
初恋のライナスと愛し合って結婚し、
ずっと彼に尽くしてきたが、最悪の
形で裏切られる。彼に触れてもらえない
自分に自信をなくし、男性不信に。
看護師の資格を持つ。

クラウディア・セルジュ
アシュリーの義母。
息子ライナスを溺愛。
なかなか世継ぎを身籠らない
アシュリーに辛く当たる。
テオドル
カイゼルの亡き親友・
ロドルフの忘れ形見。
愛称はテオ。
ライナス・セルジュ
アシュリーの夫。仕事や地位の
プレッシャーから女遊びに耽り、
アシュリーとの閨を拒否する。
愛されている自分に
胡坐をかき甘えている。
セイラ・バーンズ
アシュリーの学園時代からの親友。
高潔な女公爵。
傷ついたアシュリーを支え、
彼女の幸せのために奔走する。

プロローグ

「もう妻には欲情しないんだよ。隣で寝てもなんの反応もしない」

夫が勤める王宮騎士団の執務室の前で、私は夫の本音を聞いた。

ノックをしようとした手が止まり、震える——

「お前ひっでぇな。結婚してもう五年だろ？　もう二人くらい子供がいてもおかしくないぞ。聞けば子供の頃からの相思相愛で結婚したらしいじゃないか。そんな運命的な恋愛結婚の成れの果てがそれか？」

「ああ、確かに妻とは子供の頃から一緒にいたが、だからかもしれないな。新婚の時はよかったんだが……、なんていうか、毎日いつでも抱ける体があるんだと思ったら、今日抱かなくてもいいかと思うようになって、それを繰り返しているうちに食指が動かなくなった。お前も結婚してだいぶ経つんだから、わかるだろ？」

「わかんねえよ。俺はいつでも奥さん抱いてるし。しかもあんな美人を捕まえておいて食指が動かないだと？　独身の奴らにぶん殴られるぞお前。子供作る気ないならさっさと離婚して解放してやれよ」

「離婚ねえ……。無理だと思うなぁ。アシュリーは子供の頃から俺にベタ惚れだからな。絶対離婚には応じないさ」

「だって奥さんは子供を欲しがってるんだろ？　うちの奥さんが女には子を産めるタイムリミットがあるって言ってたぞ。少しは奥さんの気持ちも考えろよ」

「子供は……確かに親からの催促がしつこくて面倒くさいことにはなってるが、最近はもう養子を取ってもいいかなと俺は思ってるんだ。そんでアシュリーとはこのまま穏やかに暮らせたらそれでいいよ」

「……お前本当に最低だな。あと俺は知ってんだからな。お前が後腐れない女を相手に浮気してんの。女の敵だな。爆発しろ」

「なんでだよ。アシュリーは俺を愛してるんだぞ？　俺の妻でいるだけで彼女は幸せだろ」

「うるさい。手を動かせ。仕事しろ」


――こんな屈辱、初めてだわ。それを私に与えたのが、まさか夫とはね。

手の震えが止まらない。

ノックしようとした手を下ろして、私は来た道を引き返した。

「あれ？　奥様。副団長、執務室にいませんでした？」

受付の男性が私に声をかける。

――ダメよ。まだ泣いてはダメ。笑うのよ。

淑女の仮面をかぶり、私は無理に笑顔を作った。

「ちょっと忘れ物を思い出してしまって。取りに帰るから、先にこのお弁当を主人のところまで届けてくれるかしら？」

「わかりました。お届けしておきます」

「ありがとう。助かるわ」

そして私はできるだけ優雅に、騎士団の屯所を出ていく。

馬車に乗り込み、走り出した瞬間、堪えていた涙が次々と流れ出てきた。

今日は夜勤だというから料理人に頼んで差し入れを作ってもらったけど、来るんじゃなかった。

「もう、何をしてもダメなのね」


――もう疲れた。

結婚して五年。政略結婚ではなくて、子供の頃から愛し合って結ばれた私たちだけど、仲睦まじかったのは最初の一年くらいだけだった。

未だに子供はいない。周りは私が原因だと思っているけど、私に異常がないことは医師が証明している。

子供なんてできるわけないじゃない。だってあの人はもう何年も私を抱いていないんだもの。

いつも同じベッドで寝ていても、どんなに努力して話し合っても、

『仕事で疲れてるし、そんな気分じゃない』


貴方からはいつもその言葉しか返ってこない。

さすがに私も気づいたわ。貴方の瞳には、もう私への熱がないのだと。

貴方にとって、私はもう女ではないのだと——

時々貴方から香る、ウチとは違う石鹸の香りに、私が何度涙で枕を濡らしたか知ってる？

そんなことに気づきもせず、無防備に隣で眠っている貴方がとても憎らしい。

——もういいわ。もういい。

——疲れた。もう要らない。


私に触れない貴方は、もう要らない。

第一章

今日は友人の招待で公爵家を訪れていた。

庭園にあるガゼボに案内され、そこで優雅にお茶を飲んでいる友人の前に腰を下ろす。

この国では珍しい薄紫の髪色に、アメジストのような濃い紫の瞳の持ち主が、私の前に厚めの書類の束を差し出した。

「はい。これが調査書よ」

「ありがとう。セイラ。恩に着るわ」

私は学園の頃からの友人である女公爵のセイラの人脈を頼り、あるお願いをしていた。

それは夫の素行調査。

彼が浮気していることは前から知っていたから、離婚を決意した今、揉めることも考えて証拠を手に入れることにした。

夫のライナスは私が自分にベタ惚れだと思っているから、まさか私が別れる準備をしているだなんて思いつきもしないだろう。調査書を読んだら、どれだけ私を舐めているのかよくわかった。

「浮気しているのは知ってたけど、まさか毎週のように他の女と体を重ねていたとは思いもしなかったわ。そりゃ私を抱く気にはなれないでしょうね」

自分がみじめすぎて思わず自嘲した。

「この調査書を見る限り、娼館通いと一夜限りの関係ばかりで、愛人がいるわけではないみたい。完全に性欲処理って感じね。それにしても、まさかあのライナス様がね……。学園時代はアシュリーしか視界に入ってなさそうなくらい貴女に夢中だったのに」

セイラが未だ信じられないというような顔で思案する。

「子供の頃からずっと一緒だったから、もう私には反応しないんですって。長く一緒にいすぎて、彼にとって私はもう女ではなくなったのよ」

「アシュリー……」

「セイラが羨ましいわ。私たちと同じ幼馴染同士の結婚でも、ジュリアン様はずっと変わらずセイラを溺愛してるのがわかるもの。可愛い子供たちもいる。私とは全然違って……つい羨んでしまうわ。ごめんなさいね……」

自信がなくて、卑屈になって、自分がホント嫌になる。

四年間、夫に触れてもらえなかったことが、私の自信を粉々にした。親しい友人であるセイラの前では気が抜けて、堪えきれず涙が出てしまう。

「ごめ……なさ……っ。もう、こんな自分が嫌いだわ……っ」

「アシュリー……」

セイラが席を立ち、私を抱きしめてくれた。

「貴女が自分を嫌いでも、私はアシュリーが大好きよ。学園時代、公爵令嬢という立場のせいで周りから浮いていた私に、貴女は周りの目も気にせず、友人として寄り添ってくれた。私を支えてくれた。私がそれにどれだけ救われたかわかる?」

セイラの優しい声が心に染みわたり、さらに私の涙を誘う。

「貴女が素敵な女性なのは私が一番よく知ってる。私の自慢の親友ですもの。今は心が弱っているから仕方ない。泣いてもいいのよ。ただこれだけは忘れないで。私は貴女の味方だから、遠慮なく頼ってほしい」

「ふっ……、セイラ……っ、ううう~……っ」

胸が苦しい。息がうまく吸えない。

もういい年をした女なのに、みっともなく嗚咽して泣いている。


ライナスの言う通りよ。私は貴方を愛してた。

子供の頃からずっと、あの日貴方の本音を聞くまでは変わらず愛してた。

だから離婚を決断できなかった。それを貴方は見透かしていたのね。

そのうえで私を裏切っていたのね。

残酷な事実に心が凍りついていく。


「もう、あの人は要らないわ」

「そう……。わかったわ。離婚後の生活なら私に伝手《つて》があるから任せて。貴女が決意を固めるならすぐにでも私は動く。いつでも声をかけてちょうだい」

「ええ。ありがとうセイラ。心強いわ」

酷い泣き顔で笑顔を作ると、セイラも泣きそうな顔で笑って、私の涙をハンカチで拭ってくれた。

本音をさらけ出せる友人がいて、よかった。少しだけ心が軽くなった。

彼の本音を聞いたあの日から、私はライナスに本当の笑顔を見せられない。ずっと社交用の仮面をかぶり続けている。


あの日の翌日、帰ってきた彼の言葉に、私はまた心が凍えた。

「差し入れありがとう。団長と一緒に食べたよ。美人で気の利く奥さんだって羨ましがられた」

ベージュピンクの前髪をかき上げ、くっきりとしたアーモンド型の赤茶の瞳が嬉しそうに細められる。端から見たら妻を蕩けるような笑顔で見つめる夫に見えるだろう。

「……そう、よかったわ」

ねえ、ライナス。――それだけ？

あの日、なんで私が執務室に顔を出さなかったか、疑問に思わないの？

私のこの他人行儀な笑顔に、何も感じないの？

当たり前のように今日も私の隣で寝息を立てている夫の寝顔を見つめる。

以前の貴方なら、私の笑顔の変化に気づいていたわ。

貴方はもう、本当に私を見ていないのね。

『アシュリーは俺の運命の女性なんだ。子供の頃からずっと愛してるよ。そしてこれからも、死ぬまで俺はアシュリーを愛し続ける。だから一生、俺の側にいて』
不意に、プロポーズされた時にくれた言葉を思い出した。目尻から一筋の涙がこぼれる。

――嘘つき。


「じゃあ今日も仕事頑張ってくるね。アシュリー」

夫は私の腰を抱き寄せて、額にキスを送る。

いつものルーティンワーク。夫としての作業で、そこに愛情はもうない。

「ええ、いってらっしゃい」

涙を気づかれぬように拭った私は、笑顔で夫を見送る。

いつも口にする「帰りを待ってるわ」のセリフは、今日は言わない。貴方を待つつもりなどないから。

夫は笑顔で私に手を振って邸《やしき》を出ていく。

やっぱりいつものセリフを言わなかったことにさえ気づかなかった。でも、もういいの。今更気づかなくても。

いいのよ、ライナス。永遠に、いってらっしゃい――

もう私のところへ戻ってこなくていいわ。

抱く気の起きない私のことなんか忘れて、新しい人を迎えてその人との間に子供を作ってね。そ

れが侯爵家のためだわ。

部屋の机の上に、サインした離婚届と結婚指輪、浮気の証拠の控えを置く。手紙は書かなかった。

結婚する時に実家から持ってきた物だけバッグにつめて、使用人に見つからないようにこっそりと邸《やしき》を出た。使用人たちはあまり私に近寄ってこないから、抜け出すことはたやすかった。

ライナスからもらった物は全部この邸《やしき》に置いていく。貴方に繋がるものは何も要らない。

五歳で出会って、十八歳で結婚して、今二十三歳。

十八年間も続いた恋は、美談でもなんでもなく、よくある浮気であっけなく終わった。


「何が、いけなかったんだろう」

乗り合い馬車を待ちながら、ボソッと一人呟く。

心移りなんてしたことなかった。

ライナスだけを愛し続けて、彼が王宮騎士を目指していた時も、その夢を叶えた今も、ずっとライナスを支えようと努力してきたつもりなのだけど——


「……独りよがりだったのかしら」

私のその小さな呟きは、誰にも聞かれることなく、風に乗って消えた——

◇◇◇◇

邸《やしき》に帰ると、髪を乱した家令が慌ただしく駆けてきた。

「何かあったのか？　アシュリーはどうした？」

家令が俺の質問に真っ青になる。そして信じられないことを口にした。

「旦那様、奥様はもう、この邸《やしき》にはおりません」

「……は？　どこかに外出したのか？　もう夜だぞ。誰かアシュリーの行き先を聞いていないのか？」

「わかりません。侍女が昼食に呼びに行ったところ、既に奥様はおりませんでした。使用人全員に聞いても誰も奥様を見ておらず、先ほどまで皆で探していましたが、馬車や馬を使った形跡もありませんでした。そして机の上にこれが……申し訳ありません。緊急時でしたので先ほど、私が中を拝見しました」

俺は家令から二種類の封筒を受け取る。一つは手紙サイズの封筒。もう一つは書類が入るサイズの大きな封筒だった。

「奥様は……お一人で邸《やしき》を出て行ったようです」

「――は？」

アシュリーが、出て行った？

コイツは何を言っているんだ？

「意味がわからない。俺は疲れてるんだ。お前の冗談に付き合っている暇はない。引き続きアシュリーを探し――」

「冗談ではありません。中を見てください。坊ちゃん」

家令が俺を昔のように呼び、言葉を遮った。そしてこちらに厳しい視線を送っている。

いつもとは違う雰囲気の家令の圧に押され、俺は手元の封筒に視線を落とす。

手紙サイズの封筒から急いで開けると、中から何か落ちてきた。

「なんだ？」

床に落ちたと思われる何かを探し、その物体が視界に入り――俺は固まった。

アシュリーの結婚指輪だ。

ドクン、ドクン。急速に心拍数が上がり、顔から血の気が引いていくのを感じる。慌てて封筒の中身を取り出して広げると、それはアシュリーのサインが入った離婚届だった。

「離婚届⁉　なんで！」

冷や汗が止まらない。

俺は震える手でもう一つの大きいサイズの封筒を開けた。そこに入っていた物に目を通し、再び固まった。その書類には、俺の不貞の証拠の数々が記してあった。

ここ最近、二ヶ月ほどの俺の素行調査書。

娼館に行った日時や、一夜限りの令嬢や未亡人たちとの情事の日時や場所、彼女たちの身元まですべて記されていた。

「な……、なん……なんで……」

焦りすぎて何も言葉が出てこない。いてもたってもいられず、俺は書類を片手にアシュリーの部屋に向かって駆け出す。

勢いよく扉を開けるとそこにはいつもの部屋の風景が広がっていて、アシュリーが出ていったなんてわからないほどだ。荷物を整理した痕跡はなかった。

だから俺は、望みを持ってしまったんだ。

これは、俺の浮気を知ったアシュリーが、嫉妬をして衝動的に家を出ただけなのだと——きっと俺の気を引きたくて、追いかけてほしくてこんな騒ぎを起こしたのだ。

荷物はすべて部屋に残っている。それが答えだろう。これは帰る前提の家出なのだ。

だから、ほとぼりが冷めたらきっと戻ってくる。そうじゃなくても俺が迎えに行って謝れば、俺を心底愛しているアシュリーなら許してくれるはずだ。

家令がすぐにアシュリーの実家や騎士団に使いを出すことを提案してきたが、俺はただの夫婦喧嘩だから大ごとにするなと却下した。

きっと今は実家に向かっているんだろう。

俺の浮気を知って動揺してこんな行動に出てしまっただけで、アシュリーが本気で俺から離れられるわけがない。

できればすぐに実家に迎えに行ってやりたいが、俺は副団長で仕事は激務だ。休まないと迎えに行けない。

今から一日休みを申請しても取れるのは一ヶ月後。とりあえず明日申請はするが、きっとアシュリーのことだから一ヶ月も経たずに寂しくなって帰ってくるだろう。俺たちは子供の頃からずっと一緒にいて、長期間離れたことなんて一度もないのだから。

帰ってきたら浮気のことは頭を下げて謝ろう。それでしばらく浮気は封印し、アシュリーを優先して過ごせば、きっと元通りの生活に戻るはず。

――なら、むしろ今は気兼ねなく女と過ごせるんじゃないか？

そう思った俺は、アシュリーが戻ってくるまでの間、最低にもまた女との情事に耽《ふけ》った。

でも、一ヶ月経ってもアシュリーは帰って来なくて、さすがに不安になった俺は、申請していた休暇の日に急いでアシュリーの実家に向かった。

出迎えた義父である伯爵に彼女を迎えに来たと告げると、怪訝な顔をした。

「どういうことです？　娘がいなくなったんですか!?」

アシュリーは実家に帰っていなかった。どういうことだ？　誰にも言わず、何も持たずに邸《やしき》を出ていったのか!?　実家じゃないなら一体どこに――

「なぜ出ていった日に探しに行かない！　何をしていたんだ貴様は！　それでも夫か！」

一ヶ月前からいないことを白状したら、伯爵に殴られた。

当然だ。妻が出て行ったのに、勝手に実家に帰ったと決めつけて探しもしなかったんだ。女一人、身一つで出て行って安全なわけがない。

急いで邸《やしき》に帰って、再びアシュリーの部屋に入り、手がかりを探した。

机の中や引き出しには、手がかりになりそうな物は何もない。クローゼットを開けると、今まで俺が贈ったドレスや小物がすべて残っている。

「どういうことだ？　本当に何も持たないまま、消えたのか？」

アクセサリーケースを開けてみると、そこにも子供の頃から今までに俺が贈ったジュエリーや髪飾りが入っていた。

一見異常はなさそうに見えたが、全体を見渡して俺は違和感に気づく。

アシュリーが結婚前に気に入ってつけていたジュエリーや髪飾りがない――

学園を卒業するまで、俺は一途にアシュリーのことしか見ていなかったから、当時身につけていたアクセサリーは全部覚えている。それらが探しても一つもない。

ドレスもよく見たら、結婚する時に嫁入り道具として持ってきていたものが一切なくなっていた。

――つまり、アシュリーは俺が贈った物をすべて邸《やしき》に置いて出ていったのか。

「……っ!!」

手にしていたアクセサリーケースの蓋がガタガタと音を鳴らす。

ここに来てようやく俺は真実に気づいた。

アシュリーは、――本気で俺を捨てたんだ。

◇◇◇◇

「あら、ご機嫌よう。ライナス様」

「久しぶりだなライナス。お前の結婚式以来か？　どうしたんだ、そんなに慌てて」

「……突然の訪問で申し訳ありません、バーンズ女公爵様。そして久しぶりだな、ジュリアン」

この夫婦と顔を合わせるのは本当に久しぶりだった。貴族なら普通は夜会で顔を合わせるものだが、俺は王宮騎士だから夜会の時はいつも警備を担当していて、社交の場にはまったく出ていなかった。

すべてアシュリーに任せていたんだ。

今回はそれが仇となり、俺はアシュリーの交友関係をまったく知らなかったことに気づく。

共通の知り合いは、学生時代からアシュリーの親友であるバーンズ女公爵と、その夫——騎士科で同級生だったジュリアンしか知らない。

だから俺はいてもたってもいられず、こうしてバーンズ公爵家を訪ねた。

「ケイト、お客様を応接室に案内して」

「かしこまりました奥様」

「ではライナス様、準備ができましたらすぐに向かいますので、部屋でお待ちください」

「先触れも出さず本当に申し訳ない。感謝します」

俺は動揺で震えてしまう手を強く握りしめながら、頭を下げた。

顔を合わせるなり、バーンズ女公爵の威圧を感じたのだ。微笑みを浮かべてはいたが、アメジストの瞳が俺を冷たく捉えていた。

あの日はきっと、アシュリーのことを知っている。


「お待たせしました、ライナス様。今日はどういったご用件でいらしたのでしょうか？」

「実は、先月アシュリーが邸《やしき》を出たまま戻らなくて……。女公爵様は何かアシュリーから聞いていないだろうか？　もし行き先を知っていたら教えてほしい」

「どういうことです⁉　アシュリーが出て行ったのですか？　しかも先月って……騎士団には連絡しましたの？　何か事件に巻き込まれたんじゃ……っ」

「いやっ、事件ではないんだ。ちょっとした夫婦喧嘩ですれ違ってしまって……。早く見つけて妻を迎えに行きたいんだ」

「夫婦喧嘩……そう。じゃあアシュリーは勇気を出して貴方と話し合ったのね」

「やっぱり何かアシュリーから聞いてるんですか⁉　教えてください！　アシュリーは一体どこに行ったんですか⁉」

「夫婦喧嘩をするほどアシュリーと向き合って話をしたのでしょう？　当然あの話よね？　それ

で？　貴方はアシュリーに何を言ったの？　あんなに貴方を愛していたアシュリーが家を出て行くなんてよっぽどだわ。……貴方、一体何を言ったのよ」

鋭い視線が突き刺さり、体が硬直する。

こちらを射抜くその瞳は軽蔑の色を帯びていて、俺は彼女がすべて知っていることを確信した。のどが渇き、背中に冷たい汗が流れるのを感じる。

そんな俺の様子を見て、バーンズ女公爵は凍えるような冷たい笑みを浮かべた。

「貴方、アシュリーが貴方のお母様や使用人たちから何て言われていたか知ってる？」

「え……？　母たちが？」

「石女《うまずめ》。夫に愛されない気の毒な奥様。そうやって蔑まれてたのよ？　ずっと、何年も。貴方のせいでね」

「は⁉」

「おかしいわよね。アシュリーは何も悪くないのに」

目を細めてこちらを見る彼女に、夫婦の閨《ねや》事情まで知られていることを察した。

「だって貴方、子供の作り方を忘れたようだもの。侯爵家当主なのに驚きだわ。それなのに妻だけ責められるなんて理不尽じゃなくて？」

「……っ」

必死に返す言葉を探すが、何も見つからない。何を言っても言い訳にしかならないような気がした。

考えてみれば、彼女は公爵なのだ。アシュリーが置いていった俺の素行調査書も、彼女が手助けして作られた可能性が高い。今更ながら、そんな考えにも至らずにのこのことバーンズ公爵家を頼った俺の行動はさぞ滑稽に映っただろう。今では背中どころか顔中に冷や汗が滴っている。

どのくらいの時間が経ったのか。俺が何も言えずずっと俯いたままでいると、頭上からため息が聞こえてきた。

「もういいわ。アシュリーは私の大事な友人なの。だから公爵家で捜索をかけます。お話は以上ですね。どうぞお帰りください」

「ちょ……ちょっと待ってください！　さっきの……母や使用人たちの話は本当なんですか⁉」

「ご当主なんですから、それくらいご自分で確かめてはいかが？　ジュリアン、お客様のお見送り頼んだわね」

「ああ。わかった」

「ちょっと待ってくださ――」

俺が言い切る前に、バーンズ女公爵は部屋を出て行ってしまった。

「……アシュリーはお前たち夫婦にどこまで話してるんだ？」

まさか閨《ねや》を共にしていないことまで話しているとは……

「俺はそこまで詳しくは知らない。子供ができないことで悩んでいたのは知ってる」

「そ、そうか……」

子供ができないことをそこまで思い詰めているとは思わなかった。

普段、アシュリーは俺の前ではいつも笑っていたから――

子供についてはは何度か話し合いはしていて、いつも「いずれは」「自然に任せる形で」という結論に至っていた。

父と母にも俺からそう伝えて、『二人で決めたことに一切口出しするな』と釘を刺してからはあまりうるさく言ってこなくなったから、納得してくれていると思っていた。

まさか俺の知らないところでアシュリーに何か言っていたのか？


「お節介かもしれないが、俺から一つ忠告をしておく」

少し目にかかる焦げ茶の前髪の隙間から、ジュリアンの若葉色の瞳がじっと俺を見据えた。

「な……なんだ？」

「妻が自分の隣にいるのは、当たり前のことじゃない。お前は多分、これからそれを嫌というほど思い知らされるだろうな」

「どういう意味だ」

「そのままの意味だよ。隣にいたはずの愛する人がある日突然消えて、手の届かない人になることもある。愛情は無限にあるものじゃないんだよ。花だって水をやらなければ枯れてしまうだろう？　お前は彼女の愛情に見合ったものを返していたのか？　――よくよく自分の行動を振り返るんだな」

なんだよ……。一体なんだってんだよ。

コイツの見透かした言い方にイラつく。

俺たちの何を知ってるっていうんだ！

「ア……アシュリーは戻ってくるさっ、だってつい最近まであんなに俺のこと愛してるって言ってたんだぞ！　そんな急に気持ちが変わるのか？　十八年間も一緒にいたんだぞ？」

「だから？」

「は？」

「……あのな。血を分けた親や兄弟でさえ無条件でずっと一緒にいることはできないのに、なんで赤の他人の妻が側にいて当たり前だと思えるんだ？　お前のその自信はどこから湧いて来てんだよ」

だって——アシュリーは子供の頃から俺だけを見てくれていたんだぞ。

ずっと、俺だけを愛してくれていた。それが俺の日常だったんだ。

「お前の言うその十八年は当たり前のものじゃなくて、彼女の支えで成り立っていた時間だ。お前は結婚してからそのことに一度でも感謝したことがあるのか？　アシュリー嬢が望まなくなったらそんなもの簡単に壊れるんだよ。現にお前は今一人じゃないか」

ああ——

軽蔑した目が俺を射抜く。

やっぱりコイツも全部知ってるんだな。

俺がアシュリーに隠れて不貞を働いていたことを。恐らく女公爵も……

「さあ。もう帰れ。アシュリー嬢のことはこちらでも探す。ひと月前に知らせてくれればすぐに見つかったかもしれないのに、今からじゃ骨が折れるぞ。騎士団への捜索依頼も検討したほうがいいかもしれないな」

俺はもう何も言えなくなって、促されるままに公爵家を出た。

◇◇◇◇

「そうですか。女公爵様がそんなことを。……ええ。事実ですよ」

「なんだと？」

邸《やしき》に戻ってから俺は家令に真実を確かめた。

アシュリーが本当に使用人たちから軽んじられていたのかを――

結果は肯定の返事。俺たちが何年も閨《ねや》を共にしていないことは、ほとんどの者が知っていたらしい。部屋を整える使用人ならすぐにわかることだと。

表立って口にする者はいないが、彼らの間で憐れまれて噂されていたのは事実だった。使用人たちはアシュリーを軽んじ、遠巻きにしてあまり近づかなくなっていたという。家令が耳にして厳重注意をして回っていたが、あまり効果はなかったらしい。

そして母は二ヶ月に一度の頻度で領地から出てきて、妊娠はまだなのかと催促していたらしい。

アシュリー宛に手紙もよく来ていたのだとか。

「なんで知らせなかった」

「奥様に止められていましたので」

「なぜ？」

「旦那様に子供に関する話題を出すと辛そうなお顔をされるから――だそうです」

家令の冷めた視線にいたたまれなくなる。

「今更ですよ。だから私は奥様が出て行かれた日に、ご実家と騎士団に知らせるべきだと申し上げたのです！　それを坊ちゃんは……」

「わかっている！　明日騎士団に捜索を依頼する」

家令の言葉を遮って、俺は執務室を出た。

「何をやってんだ俺は……」

今となっては、なんで一ヶ月も放置できたのかわからない。

「無事でいてくれ、アシュリー……っ」

『今更ですよ』という家令の言葉が突き刺さる。本当にそうだ。

夫婦の寝室に入り、部屋を見渡す。アシュリーがいないだけで、とても広く殺風景に感じた。よく今まで一人で何も感じずに眠れたものだ。

アシュリーは俺の前ではいつも笑顔だったから、俺といるだけで幸せなんだと思っていた。

でも、違ったんだな。ただ俺が、何も知らないだけだった。

「――いや、違うな。知ってた。俺がアシュリーをずっと傷つけていたことを。……知ってて目を逸らして、ごまかしていただけだ……」

後ろの扉に寄りかかると、膝の力が抜けてしまい、そのままズルズルとその場にへたり込む。

何もかも、うまく回ってると思ってた。

バレなければいい。バレても俺を愛してるアシュリーなら許してくれるとさえ思っていた。


『お前のその自信はどこから湧いて来てんだよ』


不意に、ジュリアンの言葉が頭の中に浮かぶ。

「ホントにな……。何が『愛されてる』だよ。我が身可愛さに、アシュリーを犠牲にして……」

たまらなくなって髪の毛を掻きむしる。

俺は自分が辛くなるのが嫌で、ずっと現実から逃げていただけだ。

俺がこんな根拠のない自信を持てるのは、十八年間アシュリーが俺を愛して、支えてくれていたからなのに。

俺はその気持ちに胡座《あぐら》をかいて踏みにじった――

「すまない……っ、アシュリー……！」

結婚したら、どいつもこいつも遠慮なく子供や閨《ねや》のことを聞いてくる。以前はそれが嫌でたまらなかった。放っておいてほしかった。

きっとアシュリーは、それを察して何も言わなくなったんだな。

俺だって抱けるならとっくに抱いてるさ。でも、もうアシュリーはそういう対象ではなくなってしまったんだ。こればかりはどうしようもない。

こんなことになるなんて、昔は思ってもみなかった。


アシュリーと初めて関係を持ったのは学園時代だった。子供の頃から愛していたアシュリーと結ばれて、幸せで満たされたのを覚えている。

この国では、婚姻まで純潔を求められるのは、王家や由緒ある高位貴族、契約に基づく政略結婚の場合のみだ。婚約者同士の婚前交渉については割と認められていて、俺たちみたいな恋愛結婚も多い。

ただ、結婚式前に子供ができるのはよしとされないので、婚姻前までは避妊をするのが一般的だ。

あの頃はアシュリーと繋がるたびに愛しさが増して、一生彼女を愛して守っていこうと思った。

卒業後の結婚が待ち遠しかった。

その後、結婚して二人の時間が増えて、最初はすごく幸せだった。

せっかく毎日一緒にいられるのだからと、俺はまだ二人の時間を楽しみたくて、こっそり避妊薬を飲んでいた。

アシュリーも特に何も言っていなかったし、彼女も俺と二人きりの時間を望んでいると思っていた。今となっては俺の一方的な思い込み以外の何ものでもない。

そうして一年が経ってそろそろ子供を……と考え出した時に、俺は部隊長に就任し、一気に仕事が忙しくなった。そして出世に比例してだんだん閨《ねや》の回数が減っていった。

たくさんの部下を抱えて仕事のプレッシャーも増え、更に侯爵家当主の仕事もある。

その頃はもう避妊薬は飲んでいなかったが、女性には妊娠しやすい時期があって、それに合わせて行為をしなければ妊娠しづらいらしい。

でも毎日がとにかく忙しくて、そんな状況で適切な日にタイミングを合わせるのはとても難しかった。安全日に抱いたら責められているような気さえした。

アシュリーは何も言わないから完全に俺の被害妄想だけど、抱きたい時に抱けない義務のような子作りは、俺にとってストレスになっていった。

でもアシュリーは何も悪くない。俺が侯爵家の一人息子であるにも関わらず、騎士の夢を捨てきれなくて、勝手に多くのものを抱え込んだだけ。

そして勝手にプレッシャーに圧されて余裕がなくなった。ただそれだけだ――

そして副団長にまで出世した今、気づいたら何年もアシュリーを抱いていなかった。

いや、抱けなかった。

何度か、アシュリーが妊娠しやすいという日に自ら誘ってきたことがある。

でも俺はその気になれなかった。

愛する人が誘ってくれて嬉しいはずなのに、俺は断ってしまった。

その時のアシュリーの傷ついた顔が忘れられない。

自分が傷つけたくせに、胸が痛かった。

そのうちアシュリーを傷つけるのが怖くて、そういう雰囲気になるのを極力避けた。


――子供が欲しくないわけじゃない。

アシュリーとの子なら、可愛いに決まってる。

でも、義務だと思うとその気になれない。

こればかりは生理現象だから仕方ないじゃないか？

不能になったのかと心配になったこともあった。

それで追いつめられて、俺は確かめに行ってしまったんだ……

同僚に娼館に誘われた時、いつもは断るのに、その日は断らずに行ってしまった。

今思えばそれは間違いだった。確かめた結果、アシュリーにだけ反応しないのがわかってしまったから――

結果を知って余計苦しくなっただけだった。


アシュリーのことは変わらず愛してる。

彼女との暮らしにはなんの不満もないし、他に好きな女ができたわけでもない。

ただ――抱けない。

なぜなのかさえ、もうわからない。向き合うのが怖い。

正直、離婚を考えたこともある。

アシュリーのことを思えば、そのほうがいいのかもしれないと。

でも決断できず、状況を変えることもできず、現実逃避して仕事に逃げたまま、ズルズルとここまで来てしまった。


ベッドに腰かけると、まだ微かにアシュリーの香りが残っている気がした。

俺が部屋に入れば、嬉しそうに淡い金の髪を揺らしてこちらに駆け寄り、いつも労いの言葉をかけてくれた。

俺を慈しむように、愛しそうに見つめてくるエメラルドグリーンの瞳が何よりも好きだったのに、なぜ大事にしなかったのだろう。

――その愛は、当たり前にそこにあるものじゃなかったのに。

「アシュリー、包帯と消毒薬が足りなくなりそうだから補充しといて。それから解毒薬も。もうすぐ辺境騎士団が帰ってくるから」

「わかりました。タオルやガーゼはこれで足りますか？　まだ追加しますか？」

「ああ、そうだな。備品室にあるもの全部持ってきてくれ。それからついでに毛布も頼む」

「わかりました！」


私は今、セイラの伝手《つて》を頼って辺境騎士団の見習い看護師として働いている。

辺境伯であるルードヴィヒ様の奥様――ソフィア様はセイラの叔母で、看護師の資格を持っている私を快く受け入れ、住む場所と仕事を提供してくれた。

離婚協議中の侯爵夫人なんて厄介者でしかないのに、辺境伯夫妻には感謝しかない。

騎士のライナスを支えたくて取得した看護師の資格が、こんなところで役に立つとは皮肉な話だ。

「お飾り妻」だと揶揄されるのが嫌で頑張って取得したけど、肝心の夫にはなんの役にも立てず、努力は空回りして終わった。

王宮で働くライナスは警護が主な任務で、よほどのことがない限り戦闘には出ない。

ケガをしてもかすり傷程度で、私の出る幕はなかった。

――でも、

『貴女が得た看護の知識は、辺境の地で重宝される。そして貴女の身は最強の辺境騎士団が守ってくれるわ。どう？　看護師として、行ってみる気はない？』

セイラからそう言われて、胸が熱くなった。

私を必要としてくれる場所。そんな場所があるのなら、ぜひ行きたい。

私の存在を認めてくれる場所でなら、憂いなく新しい人生のスタートを切ることができる気がするから。

両親には、邸《やしき》を出る前に手紙を出した。

ライナスとは離婚すること。しばらく彼には会いたくないから、私の居場所は秘密にしてほしいこと。そして実家には戻らず、辺境で看護師として生きること。

もし、ライナスが訪ねてきたら私の居場所は知らないと言ってほしいこと。そして私への連絡は、完全にライナスと縁が切れるまではセイラを通してほしいとお願いした。

両親からの返事には、離婚を咎《とが》める内容は一切なく、ただただ娘のことを心配していると綴られていた。

手紙から両親の愛情を感じ、申し訳なくて涙が出た。

これ以上心配をかけないためにも、ちゃんとしっかり自分の足で立たなくちゃ。

今までの私はライナスを支えるためだけに生きてきたけれど、これからは自分のために生きるわ。

この地で看護師として、新しい人生を始めるの――

騎士団の帰還を知らせる鐘が鳴り、皆が慌ただしく彼らの受け入れ準備に取り掛かる。

処置室の前で初めて彼らを出迎えた時、私は目を見張った。

視界に飛び込んできた光景は、まさに地獄絵図のようだった。

ダルの森に出現した魔物を討伐しに向かった辺境騎士団は、ほとんどの者が大量の血に染まり、処置室は一瞬で戦場と化した。

生死を彷徨《さまよ》うほどの重傷患者を初めて見た私は、むせ返る血の匂いに吐きそうになり、足がガクガクと震えた。それは想像を絶する光景だった。

「アシュリーさん！　運ばれたケガ人たちにこのハンカチを巻きつけて重症度別に分けてください！　重傷患者は先に治療するから奥に運んで！」

「わ、わかりました!!」

震える足を叩いて無理矢理動かし、他の看護師たちと共に負傷者たちの状態を見て、症状別に色のついたハンカチを彼らの腕に結んでいく。

赤が重傷、黄色がケガは酷いが意識のある人、緑が軽傷、そして黒は、死亡または助けるのが無理な人……

幸い今回は黒いハンカチをつけなくて済んだ。よかったと胸を撫で下ろす。

「アシュリーさん！　手が空いていたらこっち手伝って！」

「はい！」

名前を呼ばれ、急いで重傷患者の治療サポートに入った。

医師の先生や先輩看護師たちの指示に従い、必要な器具や薬を手渡して次々と治療を終わらせていく。

そして騎士団が帰還して三時間後、ようやく全員の治療が一段落した。

死者が一人もいなくて本当によかった。最初はとても怖かったけど、治療に必死すぎて、動いているうちに恐怖も吹き飛んでしまっていたわ。

病室で片づけをしていたら、奥から先生がやってきた。

「アシュリー、本当にありがとう。お前さんのお陰でスピーディに治療を終えることができたよ。手遅れになる者がいなくてよかった。落ち着いたからしばらく休憩するといい」

「本当に、優秀な人が来てくれてとても助かるわ。この調子でよろしくね」

「お褒めに預かり光栄です。まだまだ至らないところを発見したので、次はもっと手際よくできるよう頑張りますね」

胸の横で拳をギュッと握ると、先生は「頼もしいな」と笑顔で私の働きぶりを褒めてくれた。嬉しい。難しくて苦労したけど、勉強してよかったと心から思えた。

「――――う……うぅ……っ」

一息ついていると、目の前の重傷患者が魘《うな》されだした。

額に汗をたくさんかいて、苦しそうに顔を顰《しか》めている。

「せっ、先生！　患者さんの様子が……っ」

慌てて先生を呼ぶと、すぐこちらに来て診察をしてくれた。

「大丈夫。ただ魘《うな》されてるだけだ。ここの騎士にはよくあるんだよ。討伐のトラウマを抱えてる奴が多いからな。しばらくしたら落ち着くと思うから、念のため看ててやってくれるか？」

「はい。わかりました」

討伐のトラウマ……

先ほどの惨状を思い浮かべれば、トラウマの一つや二つあってもおかしくない。

王都の騎士団との違いに戸惑いを覚える。

ライナスのいた王宮騎士団では、こんなに鬼気迫るような空気を感じたことは一度もなかった。

でも、よく考えれば当たり前のことだ。王都と辺境では相手にしている敵が違う。

彼らは人間だけではなく、魔物も相手にしているのだ。王都に魔物が入ってこないのは、こうして彼らが命をかけて国を守ってくれていたからなのだろう。

その姿を見て、看護師としてより一層、彼らの命を救いたいという使命感が生まれる。

彼らの一人一人が大事な戦士であり、国防の要なのだ。

そんな決意を新たにしていると、小さなうめき声が聞こえた。

「う……して……くれ」

「え？」

起きたのかしら？　と思い、彼の口元に耳を近づけ、言葉を拾う。

「許し……て……くれ」

再び彼の顔を見ると、目尻から涙をこぼしていた。

「――辛い夢を見ているのね」

彼は全身傷だらけで、一番酷かったのは細い棒のような物で突き刺された胸部の傷だった。運良く心臓を外れて致命傷を免れていたが、かなり出血していたのでまだ予断を許さない。

彼の顔色は未だに悪かった。

それなのに、更に怖い夢まで見て魘《うな》されるなんて……。これでは精神を削られて治るものも治らなくなってしまうわ。

「大丈夫よ。ここには貴方を責める人など誰もいない」

新しいタオルで彼の汗と涙を拭い、ベッドの横にある手を取って軽く握った。

すごく大きな手なのに、冷たくなって震えている。

そして未だに許しを乞う彼に、「大丈夫。もう怖くない」と何度も応えながら、私はその冷えた手が温まるように摩《さす》り続けた。すると次第に彼の声が途切れ途切れになり、やがて寝息が聞こえだした。

「よかった。落ち着いたみたいね」

そして彼が意識を取り戻したのは、窓枠にオレンジ色の光が差しかかる頃だった。

ぼんやりとしていた視線が私を捉える。

「――あれ、俺……死んだ？　……女神がいる」

◇◇◇◇

「アシュリー！　もう仕事終わったのか？」

医務室を出ると、黒髪短髪の大柄な男性が声をかけてきた。

「カイゼル様……」

セイラと同じアメジストの瞳が細められ、私に微笑みかける。

「はい、もう帰ります。今日もお疲れ様でした」

余計なことを言われる前に頭を下げて踵を返すと、なぜか彼もついてきた。

彼はあの時ひどく魘《うな》されていた重傷患者で、なんとセイラの従兄――辺境伯様の二番目のご子息だった。

「アシュリー、今日こそ一緒に飯食いに行こうよ。看病してくれたお礼もしたいし」

「仕事をしたまでなのでお礼なんていりません。それに、カイゼル様は全治三ヶ月のケガで絶対安静の身なんですよ？　なぜベッドで寝ていないんです？　また先生に怒られますよ」

「大丈夫大丈夫。俺、昔から体だけは丈夫だから。これくらいのケガどうってことないって」

「何言ってるんですか。貴方死にかけたんですよ⁉　全然大丈夫じゃないでしょう！」

しかも魘《うな》されて泣いてたくせに！

「いいから、早く病室に戻ってください」

私は彼の病室を指差して厳しい視線を送る。

実は彼が病室を抜け出すのはこれが初めてではない。

じっとしているのが苦手なのか、特に用もないのにこうして私に話しかけてくるのだ。

「アシュリー」

「は・や・く、戻りなさい」

睨みを利かせる私に、カイゼル様はシュンとして、肩を落とす。

——幻覚かしら。なぜかへにゃっと下がった犬の耳と尻尾が見える気がするんですけど……

「……わかった」

彼は肩を落としたままそう呟くと、トボトボと病室へと戻っていった。

大柄な彼の丸まった背中を眺め、なぜか罪悪感が湧いてくる。

私と彼は患者と看護師で、それ以上でもそれ以下でもない。

看護の時も塩対応だったのに、なんで懐かれているのかしら……

『俺、アシュリーといろいろ話がしたいんだ』

彼が目覚めてから何度かそう言われたけど、なぜ？　なんのために？

彼も辺境伯家の人間なのだから、私がどんな経緯でここで働くことになったのか知ってるんじゃないの？　こんな離婚協議中の厄介な女に構っても、面倒なだけだろうに——

——先日、セイラから手紙が届いた。

ライナスはまだ離婚届を出していないらしい。

それどころか、今頃必死に私の行方を探しているのだとか。

今更なんなのかと腹が立ってくる。

私が出て行ってからの一ヶ月、いつも通り女遊びしていたことはセイラから聞いて知っている。

別に探してほしかったわけじゃないけど、こうも侮られると、離婚の話し合いだとしても会うのが嫌になってくる。

――できることなら、このまま会わずに離婚したい。

これ以上私を侮るライナスを知りたくない。

これ以上私を失望させないでほしい。

せっかく新しい人生を歩もうとしているのに、再びドロドロとした黒いものが私の中で渦巻き、枷のように私を縛り、絶望の縁に落とそうとする。

そのまま思考が飲まれそうになったその時、

「アシュリー……？」

名を呼ばれ、俯いていた顔を上げると、病室に戻ったはずのカイゼル様が立っていた。

私が浮かない顔をしていたからか、心配そうにこちらを見ている。

「アシュリー、どうしたんだ？　なんでそんな泣きそうな顔――」

「「カイゼル!!」」

彼が私に一歩近づこうとしたその時、後ろから彼を呼ぶ声が二重に大きく響いた。

「げっ、兄上と先生……っ」

「――ほら、さっさと戻らないから見つかっちゃいましたよ」

彼の後ろからすごい剣幕で近づいてくる男性二人。

一人はカイゼル様のお兄様で、辺境伯家嫡男のセシル様。

筋肉質な体躯をしているのは兄弟一緒だけど、セシル様は細身で、どちらかというと王宮騎士のような洗練された雰囲気の持ち主だ。

弟のカイゼル様は長身で、逞しい体躯をしていて整った顔立ちだから一見威圧感があるけど、人懐っこい性格のおかげか、私には懐いてくる大型犬に見えてしまう……

「お前はまた病室抜け出しやがって！　出血多量で瀕死だったくせに何やってんだバカ！」

「いって！　やめろよ兄上！　ケガ人に全力の拳骨を食らわせるとはなんて鬼畜な！」

「絶対安静だって俺は言ったよな、カイゼル？　何度言ったらわかる？　医者の俺の言うことが聞けないのか？」

「せ、先生、いや、そういうわけじゃ……」

「ほら、カイゼル様。早く戻ってください。動き回るとせっかく縫合した傷口が開いて、治るものも治りません」

「アシュリー！」

「いい年して駄々をこねるな！　仕方ないな。こんなに医者の言うことを聞かない患者には尻に麻酔注射をお見舞いして強制的に安静にしてやろう。セシル、手伝え」

「わかった」

「え？　注射!?　いや、それは無理！　嫌だ！　戻る！　戻るから注射だけは勘弁してくれ！」

――この人は何を言っているのだろう。

あんな生死を彷徨《さまよ》うケガを負ったというのに、注射のほうが怖いのかしら？

こんな大きな体をした男の人が？

目の前で兄と先生に両腕をガッチリと抱えられて引きずられていく彼の頭には、また下を向いてぷるぷる震えている犬の耳が見える気がした。

どう見てもヤンチャな弟が兄と先生に雷を落とされて、お仕置きに連行される図。

「ぷっ」

なんだかそれが可笑しくて、和やかで、私はつい吹き出してしまった。

さっきまでのドロドロとした重たい気持ちが嘘のように晴れて、私はただ純粋に、目の前の彼らのやり取りが面白くて、目尻に涙を浮かべて笑ってしまった。

「……可愛い……やっぱ女神……」

相手に失礼だと思い直し、笑いを堪えようと必死になっている私は、彼が頬を染めてそう呟いたことにも、その呟きを聞いて二人が驚いた顔で彼を見ていることにも、まったく気づいていなかった。

◇◇◇◇

「……おいライナス。その日増しに濃くなっていく特殊メイクみたいな酷いクマ、なんとかしろよ。体調管理も騎士の務めだぞ。ちゃんと寝ろ」

団長が呆れた顔でため息混じりに注意してきた。

「……眠れるわけないだろう。妻が見つからないんだぞ」

「自業自得だろ？」

「……っ」

騎士団にアシュリーの捜索を依頼したことで経緯を聞かれ、俺は職場で信用を失ってしまった。団長は、俺がアシュリーがいなくなっていた時期にも女遊びに耽《ふけ》っていたことを知っていたので、クズだと罵られ、思い切り殴られた。

「それから、来月査問会議が開かれることになった。夫人が失踪したにも関わらず届けを出さなかったこと、事件性も考えられる中、一ヶ月も捜索を行わなかったこと。お前の行動は、副団長にあるまじき行動だと問題視されている。それは奥さんが見つかっても見つからなくても関係ない。倫理観の問題だ。処分は免れないと思え」

「……わかっている」

「事件性を考えた場合、お前が真っ先に疑われる可能性もあったんだぞ。浮気を責められて妻に危害を加え、隠匿した。とかな」

「なっ、そんなことするわけないだろ！」

「そんな疑いをかけられても仕方ないくらい、お前は自分の妻を粗末に扱ってたんだよ。お前がどう言い訳しようが周りにはそう見えてんだ。それくらいお前の取った行動は騎士としてあり得ない。奥さんを見下してるからそんな馬鹿な真似ができるんだよ。もう奥さんの希望通り、さっさと離婚してやれ」

「嫌だ！　勝手に決めつけるなよ。俺は見下してなんかない……っ、アシュリーを愛してるんだぞ！」

「はっ、笑わせんなよ。お前の行動のどこに愛があるんだ？　妻に欲情しないって見下してたのはどこのどいつだよ。飽きた人形を急に取り上げられそうになったから焦って執着してるだけだろ」

「……違う……違う!!」

「……とにかく、査問会議までこれ以上問題起こすなよ」

離婚なんて嫌だ。アシュリーが俺から離れるなんて、絶対に嫌だ。

今日も、邸《やしき》にアシュリーが戻った痕跡はない。

主のいない彼女の部屋からは、わずかに残っていた残り香さえ消えてしまった。

まるで最初からアシュリーという存在がいなかったかのように——

「……アシュリーっ」

前髪を掻きむしり、両手で顔を押さえる。指の隙間から涙がこぼれ落ちた——

責任や嫌なことから逃げて、ずっと愛していた人を傷つけてまで、俺は何がしたかったのだろう。

あんなに持て余していた性欲は、アシュリーが俺の前から本当に姿を消してしまったと知った時から、驚くほどきれいに消え去った。相手から誘われてもまったくその気にならない。

今思えば、娼館に行って初めてアシュリー以外の女を知って、箍《たが》が外れてしまったのだろう。

妻がいるのに他の女を抱く背徳感に酔いしれていただけなのかもしれない。

関係を持っても、心から愛した女なんて一人もいなかった。

ただの性欲処理で、その行為に愛なんてなかった。

そんな俺の醜さを、アシュリーはきっと嫌悪したんだろう。だから俺を捨てた。

置き手紙すら残さずに、俺がアシュリーにあげた贈り物も、結婚生活も、俺と過ごした十八年間の思い出も——全部捨てられてしまった。

「アシュリー……っ、ごめん……ごめんっ」

考えたらすぐにわかることなのに、なぜ考えようとしなかったのか。

俺がアシュリーに同じことをされたらどうなんだ？

アシュリーが俺以外の男に抱かれるなんて、考えただけで腸が煮えくり返る。

許せるわけがない——

「アシュリー……」

考えれば考えるほど、取り返しのつかない現実に絶望感が増す。

そしてアシュリーが行方不明になってから二ヶ月が過ぎた頃——

アシュリーの代理人を名乗る弁護士の男が、休日に突然邸《やしき》に来た。

ブロンズカラーの髪を後ろになでつけ、威厳のある雰囲気を纏った壮年の男が、俺の前に離婚届と慰謝料請求の書状を広げた。

その離婚届にはしっかりとアシュリーのサインが記されている。

「侯爵は未だに離婚届を提出されていないそうですね？　書類に不備があったのかと思い、改めて新しい離婚届を用意しました。こちらは私が確認しまして、不備のない書類となっています。あとは侯爵のサインをこちらにいただければ提出可能です。またこちらは依頼人からの慰謝料請求の書状です」

挨拶もそこそこに突然離婚と慰謝料請求の話が出て、俺は思考がストップしてしまった。

「侯爵？　聞いてます？」

「ちょっと待ってくれ……離婚はともかく、なんだこの慰謝料請求ってのは……っ」

その書状に記された金額に、家令が俺の後ろで息を呑む音が聞こえる。

「おや？　依頼人が家を出る際に、侯爵の浮気の証拠書類を置いていかれたと聞いたのですが、もちろん目を通されてますよね？」

「だからってこんな金額になるのか？　別に愛人がいたわけじゃない。ただの性欲処理だ。しかも二ヶ月間だけだろ！」

「期間の問題ではないんですよ。不貞をしたか、していないかの問題です。それに話を聞くところ、どうやら浮気なさっていたのは四年も前からだとか。依頼人からそう聞いていますし、貴方と関係を持った方や職場の方から証言も得ていますよ？」

「は？」

「こういう時の女性の勘というのを舐めてはいけませんよ。その辺の占いより良く当たります」

嘘だろ……四年前からっていうことは、俺が初めて娼館に行った頃から既にアシュリーにバレていたってことか？　その頃から俺の裏切りを知っていたのに、アシュリーは何も言わず、ずっと耐えていたというのか――？

『いってらっしゃい。ライナス』

いつも笑顔で俺を見送っていたアシュリーを思い出す。

夜遅くに他の女を抱いて帰ってきた夫を、どんな気持ちで見送っていたのだろう。

何食わぬ顔で妻の額に口づけを落とす夫のことを、どんな目で見ていたのだろう。

「あ……あ……っ」

いたたまれなくなって思わず片手で顔を覆う。

今更ながらどれだけアシュリーを傷つけてきたのかを突きつけられ、手が震えた。

きっと、俺が知らないところでたくさん泣かせてしまっていたに違いない。

アシュリーが何も言わないから、バレていないと信じて、疑いもしなかった。

それどころか、すべてがうまく回っているといい気になってすらいた。

実際はアシュリーに全部知られていたなんて――

「反論しないということは、お認めになられると考えてよろしいですか？」

「――ああ」

俺はもう力をなくして認めるしかなかった。

「では、依頼人の希望を呑んでいただけますか？　奥様は一日も早い離婚をお望みです」

アシュリーが、一日も早い離婚を望んでる……？

——嫌だ。

「アシュリーに会わせてくれ。謝りたい。弁護士を寄越せるくらいなんだから無事なんだよな？　彼女の意思を直接確認させてくれ」

「依頼人は侯爵にお会いになることを望んでおりません。だから私が代理で伺ったのです」

「離婚なんて大事な決断を本人不在の場で決められるわけないだろ！　俺はアシュリーから直接言われていないんだ。本当に彼女が望んでるかなんてわからないだろ。だから絶対サインなんかしない！」

無駄な足掻きだとわかっていても、そんな簡単に別れを決めることなんてできない。

「……そうですか。わかりました。ではこうしましょう。関係者全員を集めて面会の日程を組みます」

「関係者って誰だ」

「お二人のご両親である前侯爵夫妻と伯爵夫妻です」

「はあ!?　親の前で不貞や離婚の話をしろってのか？　冗談じゃない、断る！　これは俺とアシュリー二人の問題だ」

「違いますよ。貴族の結婚とは家同士の契約です。貴方たちの婚姻により、両家で取り決められた契約があるのですよ。それを破棄するのですから関係者全員で話し合うのは当然です」

「俺は離婚に同意していない！　だからまず夫婦で話し合いをさせてくれ。アシュリーはどこにいるんだ？」

「ですから、依頼人は貴方と二人で会うことを望んでいません。関係者全員での面会を拒否されるのであれば、裁判も辞さないとのことです」

裁判という言葉に俺は硬直した。アシュリーは、俺と法廷で争うつもりなのか？

――そこまで、俺は憎まれてしまったのか。

今までのアシュリーからは考えられない行動に、ただただ驚いて、何も言葉が出てこない。

「依頼人の意向に沿って、関係者全員での面会を設定する――ということで話を進めてよろしいですか？」

そんなの……俺は、頷くしかないじゃないか――

◇◇◇◇

「ご主人はやはりサインはしませんでした」

セイラが紹介してくれた弁護士さんが辺境まで来て、ライナスとのやり取りを報告してくれた。

「何から何までありがとうございます。なんとなくこうなるのではないかと予想していたので、大丈夫です」

ライナスなら、私と二人で会いたいと言うに違いないと思ってた。私ならなんでも許してくれる。そう考えているのだろう。

『アシュリーはあの男を甘やかしすぎたのね』

セイラにいつか言われたことを思い出す。

多分、きっとそうなのだろう。私はライナスに尽くしすぎたのだ。

愛していたから、彼の支えになりたかった。

愛していたから、私のすべてを彼に捧げた。

私の「愛」が、ライナスをこんなふうにしてしまったのかもしれない。

「――すべて終わらせるには、会わなきゃいけないんですよね」

「そうですね。ご主人は貴女の気持ちを何も聞いていないから納得できないのでしょう。いい機会です。胸の中に溜め込んだ思いのたけを、ご主人に全部ぶつけてスッキリしましょう。――実はセイラ様も同席を望んでいましたが、ちょっと鼻息が荒かったのでお留守番をお願いしたんです」

「ふふっ、セイラは私の代わりにとても怒ってくれてたから、セイラがいたら私の言うことがなくなってしまいそうだわ」

ものすごく張り切って『ライナスを追い込んでやるわ！』と拳を握りしめているセイラが頭に浮かび、思わず顔がほころんだ。

「……おや、笑えるようになったんですね。初めてお会いした頃と比べると、ずいぶんと雰囲気が柔らかくなりました」

「私、そんなに怖い顔してました？」

「いえ、怖いというか、表情がなくなっていたというか、今にも壊れそうな感じでしたね……」

そう言って、弁護士さんは安心したように優しい顔で笑った。


——私が笑えるようになったのはきっと、辺境の人たちのおかげだろう。

ここは暖かい。

笑顔があふれていて、侯爵家とは大違い。

なんだかとても、ほっとするの。だから大丈夫な気がする。

もう、休みは終わり。

終わった愛を、断ち切る時が来たのだ。

私は決意を固めて背筋を伸ばし、弁護士さんをまっすぐに見つめた。

「私、ライナスに会います。そして言いたかったことを全部伝えて、終わらせたいと思います」

◇◇◇◇

侯爵家訪問の当日、久しぶりに王都に帰ってきた私は、待ち合わせのカフェに向かった。

「アシュリー！」

「お母様！　お父様！」

私に気づくなり、母は私を抱きしめて涙を流した。

母にどれほど心配をかけてしまったのかを思い知り、私の目からも涙がこぼれ落ちる。

「心配かけてごめんなさい……っ。離婚することになってごめんなさい……」

私は母の胸の中で子供のように泣いてしまった。いい年した女が恥ずかしい。

それでも、涙が止まらなかった。

「いいのよ。あんな男、別れて正解だわ。子供の頃から支えてきた貴女を蔑ろにして！　絶対に許さないわ」

「そうだぞアシュリー。あんな騎士の風上にもおけないクズ野郎とは今日限りで別れるんだ。いいな？」

娘の離婚なんて醜聞でしかないのに、そんな私を一切咎《とが》めず、無条件で私の味方になってくれる両親の愛に、また私の涙腺は決壊してしまった。

「ほらほら、戦いの前に目が腫れて視界が曇ってしまうわよ。もう泣き止みなさい」

「ありがとう。お父様、お母様」

「――アシュリー様、こちらをセイラ様から預かっております」

同じくカフェで待ち合わせていた弁護士さんに、セイラからの手紙を受け取った。

『アシュリーへ。貴女の友でいられることを誇りに思います。私はいつでも貴女の味方よ。健闘を祈るわ！　追伸、参戦できなかったのはやはり無念！』

「ふふっ」

セイラの追伸に思わず吹き出してしまう。

「素敵なお友達ね」

一緒に手紙を読んでいた母が優しく私に語りかける。父も隣でうんうんと頷いた。

「ええ。自慢の親友なの」

私は満面の笑みで両親に自慢する。

セイラがいなければ、もしかしたら私は今頃、思いつめて儚くなっていたかもしれない。

それくらい、心がボロボロだった。――人生に疲れていた。

でも、今は違うわ。

味方はたくさんいるってわかったから、大丈夫。

――私は、戦える。

◇◇◇◇

侯爵家に着くと、ライナスと家令が玄関前で私たちを待っていた。

久しぶりに見た彼はとてもやつれていて、少し痩せただろうか?

弁護士さんの話によると、ライナスは今、職場で爪弾きにあっているらしい。

副団長の立場でありながら、行方不明になった私の捜索を行わず、その間も不貞行為を続けていたことが上層部の反感を買い、査問会議にかけられることが決まったのだとか。

自業自得すぎて庇う気も起きない。

本当に、もう昔のライナスはどこにもいないのね……

そんな物悲しい気持ちになっていると、突然ライナスに抱きしめられた。

「アシュリー！　無事でよかった！　ずっと……っ、ずっと探してたんだよ！」

ライナスがそう叫び、瞳を潤ませて顔を近づけてくる。

その瞬間――ぞわっと今まで感じたことのない悪寒が全身に走った。

「ごめん……っ、ごめんアシュリー！　俺は君をどれほど傷つけてきたか知りもしないで、君にずっと甘え続けて……っ」

懺悔をしながらライナスが私の首元に顔を埋める。

彼の流した涙が私の首を伝い、言い知れない嫌悪感が私を襲った。

やめて……。やめてやめてやめて、私に触らないで。

「アシュリー……っ、アシュリーごめ――」

「やめて」

私はライナスの言葉を遮って、彼の胸を強く押し返した。

見上げると、ライナスは目を見開いたまま固まっている。

信じられないというような表情で私を見ていた。

――まあ、そうでしょうね。

貴方は私が触れるのを何度も拒絶したけど、私のほうから貴方を拒絶したのは初めてだものね。

私も自分で驚いている。いつの間にか私は、触れられて鳥肌が立つほど夫のことが嫌いになっていたらしい。

私は素早く彼から距離を取り、隣の家令に視線を向けた。

「お帰りなさいませ。奥様」

「――久しぶりね。話し合いをしたいから応接室を借りてもいいかしら？」

「聞く必要などありません。貴女は侯爵夫人なのですから、私に命じてください」

「ごめんなさいね。もう侯爵夫人じゃなくなるのよ。じゃあ部屋を借りるわね」

私の返しに固まる家令の横を素通りして邸《やしき》の中に入る。

どうやら義両親はまだらしい。扉を開けて応接セットに座る。

次いで私の両親と弁護士、ライナスの順で部屋に入ってきた。

たった二ヶ月留守にしただけなのに、他所の家のようで落ち着かない。

それほど辺境の地が居心地よかったのだなと気づく。


全員が席に着いたものの、誰も話の切り出し方がわからず、しばらく無言が続く。

緊張が走る中、痺れを切らした弁護士さんが司会進行役を務めはじめた。

私からの離婚申立てなので、弁護士さんに改めて私の意思を聞かれる。

「私は、ライナスとの離婚を希望します」

ライナスの目を見てはっきりそう告げると、彼は目を見張り、そのまま硬直している。

なぜ驚いているの？　なぜ貴方が傷ついたような顔をしているの？

さんざん私の気持ちを踏みにじっておいて、被害者のように振る舞うなんて許さない。

私はもう貴方に尽くさない。私の人生に、貴方はもう要らない。

そのまま離婚届にサインを求めようとした時、部屋の外から甲高い声が響いた。

「まったく！　不躾に私たちを呼び出すなんて、どういうつもりなのあの嫁は！　しかも慰謝料請求の書状まで送りつけるなんて……っ、ああ腹立たしいっ」

「落ち着けクラウディア！」

「これが落ち着いていられますか⁉　ちょっと貴女！　ライナスと家令はどこにいるの！」

――来たわね。前侯爵夫妻。

私を侮辱し続けた前侯爵夫人――クラウディア・セルジュ。

◇◇◇◇

『領地運営をするわけでもない。王都の邸《やしき》の管理をするわけでもない。子供を産み、育てているわけでもない。じゃあ貴女は一体なんのためにここにいるのかしらね？』

――義母によく言われていたセリフ。

定期的に王都に来ては私の妊娠を確認し、していないことがわかれば『ウチにお飾り妻は要らないのに困ったわ』と大袈裟にため息をつかれ、使用人たちに愚痴をこぼしていく。

家令が口止めしているのか、使用人たちは私たち夫婦が何年も閨《ねや》を共にしていないことを義母に伝えていない。だから彼女は、後継ができないのは私が不妊だからだと思っている。

最初の頃は、ライナスに相談して助けてもらおうとした。

けれど、彼は母親に頭ごなしに夫婦の問題に口を出すなと怒るだけで、彼が原因のセックスレスであることや、私が不妊ではないことを絶対に言わなかった。

事実を知らない義母は「嫁に告げ口され、愛する一人息子に怒られた」とますます私への憎悪を募らせ、私はライナスに頼ることを諦めた。

私だって、領地運営の仕事ができるならやりたかった。邸《やしき》の管理だってやりたかった。

でも何度言っても『奥様は早く後継を……』と言われて、何も任せてくれなかったのだ。

そのうえ使用人たちに距離を取られてしまっては、あとは社交しかすることがない。

そしたらどうしたってドレスや装飾品が必要になるから、嫌でも揃えることになる。

同じドレスでいいと何度断っても、侍女長は『侯爵夫人が一度着たドレスを着れば、貴女だけではなくセルジュ侯爵家が周りに侮られます』と言って頑として聞き入れてもらえなかった。

そして自分の意思とは関係なく仕立てられてしまうドレスをいちいちチェックして、義母は決まってこう言うのだ。

『まあ！　またこんなにドレスを増やして……子供を生みもしないクセに贅沢だけは一人前ね。こんなことより早く侯爵夫人としての務めを果たしてちょうだいな。待つにも限度があるのよ？』

義母がこちらに来るたびに浴びせられる嫌味の嵐に、たびたび来る手紙。遠回しに離婚を勧める彼女の圧力に、私の心は少しずつ擦り切れていった。

義母は元々、高位貴族の令嬢をライナスの妻にしたかったようで、結婚前から伯爵令嬢の私との付き合いをよく思っていなかったのだ。だからいつも私を目の敵にした。

同居していないだけマシだと前向きに考えようとした時もあったけど、もう限界だった。

なんのためにこの家にいるのかなんて、私が一番聞きたかったわ。

でも、もうそんなことはどうでもいい。今日でこの家ともお別れだ。


「ここにいるの⁉」

バン！　と思い切り音を立てて前侯爵夫妻が応接室に入ってきた。

仮にも高位貴族の淑女がはしたないわね。

母は扇で口元を隠して眉間にシワを寄せている。

部屋を見渡した義母は、私が送った慰謝料請求の書状を憎悪に満ちた顔で眼前に突きつけてきた。

「貴女っ、これは一体どういうことなの！」

「……久しぶりにお会いしたのにお義母様は挨拶もできないのですか？　私の両親もいるんですよ？」

「口の利き方に気をつけなさい。嫁の分際で。それよりこれはどういうつもりですか！」

いきなり怒鳴り込んで来た義母に呆れて頭が痛くなる。

普段私に侯爵夫人としての振る舞いについて愚痴愚痴言ってくるクセに、自分はどうなのよ。

「どうもこうも、書いてある通りです。私は貴女に長年にわたり人格否定をされ続けてきました。よって、現侯爵夫人への侮辱罪で慰謝料を請求したまでです」

「侮辱罪？　何を偉そうに！　身内の姑が嫁に何か言ったからって、そんなもの適用されるわけないじゃない！　そもそも私が貴女に注意していることは全部本当のことでしょうが。それを棚にあげて厚かましいにもほどがあるわっ」

「母上！　貴女はさっきから何を言っているんだ！」

この人は目の前にいる弁護士さんが見えていないのかしら？

ライナスは私に怒鳴り散らしている母親を初めて見たようで、信じられないという顔をしている。

この男は何もわかっていなかったんだなと呆れてしまった。

本当に、どれだけ私に無関心だったのよ――

「失礼ながら前侯爵夫人、その書状は法に基づき弁護士の私が作成したので有効なものですよ。貴族法ではこのケースの場合、嫁姑の間柄でも侮辱罪が適用されます。先ほどから私の依頼人に対して無礼な態度ですから、不敬罪を追加してもいいかもしれませんね」

このままじゃ話が進まないと思ったのか、弁護士さんが話に割って入り、書状の説明をする。

「なっ、なんで私がこの女に不敬を働いたことになるのよ！　私は前侯爵夫人よ！　姑のほうが立場が上――」

「いいえ。貴族法では爵位を持つ当主と夫人が一番上です。貴女方は爵位をご子息に継承して引退された。その時点で立場は当主夫妻より下です。ですから侮辱罪、不敬罪に当たるのですよ。ご理解いただけましたら、ここからはもう少し建設的な会話をお願いできますか？」

弁護士さんはわかりやすく義母に説明し、営業スマイルで論破していく。

仕事上、義母のような直情型の人間と数多く対峙してきたのだろう。

専門家の話には義母も何も反論できずに黙り込み、ライナスの隣に腰を下ろした。

ただ、目だけはしっかりと私を睨みつけている。

「ライナス、これでこの女の本性がわかったでしょ？　貴方は長年騙されていたのよ。見なさいこれを。結局この女は侯爵家の財産が目当てだったのよ」

義母から受け取った慰謝料請求の書状を読み、ライナスはその金額に驚きの声を上げた。

「アシュリー、君は母上にまでこんな高額な慰謝料を請求していたのか!?」

「お義母様が私にした仕打ちに対して弁護士さんが作成した書状なので、適正価格ですよ」

「そんな！」

「ライナス！　もうこんな金の亡者のような女とは離婚してしまいなさい！　侯爵家でさんざん贅沢したくせに更にお金をむしり取ろうなんて、どこまで強欲な女なの！」

「大丈夫です。お望み通り離婚しますから」

「――え？」

私の返しに、義母は目を見開いて固まった。

「ですから、ライナスとは本日限りで離婚します。もちろんライナスが原因なので慰謝料はいただきますし、お義母様も夫婦仲を壊した原因の一つなのでその分の慰謝料を払っていただきます」

「本日で……離婚……？」

「ええ、そうです。お義母様もずっと望んでいたことでしょう？　なので私に協力していただけませんか？　離婚届にサインするのをごねられて、私ととても困ってますの」

私と義母の会話にライナスは顔を青くして首を横に振り、「嫌だ、嫌だ」と繰り返している。

義母はまだ状況を飲み込めていないようで呆けたままだ。

義父は青を通り越して白い顔をしていた。

そうよね。義母たちは理解していないけれど、侯爵家の事業にとって、我が伯爵家の領地はとても重要な役目を担っている。

それを失うことでどれだけの損害を受けるか、目の前の親子二人はわかっていない。

気づいているのは義父と家令だけ。でも、もう手遅れなの。

両親が隣で、とても怒っているのがわかる。

娘を侮辱されて、悔しい思いを押し殺している。

私がここに来る前に、自分でちゃんと終わらせたいから今日は黙って見守っていてほしいとお願いした。その約束をちゃんと守ってくれているのだ。

弁護士さんに目で合図し、離婚届と慰謝料請求の書状をライナスの目の前に並べてもらう。

「ライナス。私は貴方と離婚したい。離婚届にサインをお願いします」

ライナスの前に出された慰謝料請求の金額に、義母が悲鳴のような声を上げた。

「なんなのこの金額は！　私のより三倍も高いじゃない！」

顔を真っ青にした義母が、震えた手で書状を掴む。

「ええ。だってこの離婚の原因はライナスが作ったのですから。それだけのことを私にした結果です」

「ライナスが……？」

「ええ、ライナスはこの四年――」

「アシュリー!!　もう一度！　もう一度だけ俺にチャンスをくれないか!?　俺は離婚なんてしたくないっ、アシュリーを愛しているんだ！」

――話を遮ったわねライナス。

そんなに母親に真実を知られたくないの？

無理でしょうこの状況で。どこまで自己保身に走るのよ。

「そうだ……っ、私からも頼む！　アシュリー、息子もこう言っているし、なんとか考え直してくれないだろうか？　息子とは子供の頃からの付き合いだろう？　一度だけチャンスをくれないか？今後は私もライナスに目を配るから！　どうかこの通りだ！」

「貴方……っ、何をなさってるの!?」

私に頭を下げた義父に、義母は驚いて声を荒らげた。

「うるさい！　お前は黙ってろ！　伯爵家との婚姻が我が侯爵家にどれだけの恩恵を与えるものな

のか忘れたのか!?　感謝こそすれ、嫁いびりなど罰当たりにもほどがある！　お前が今することはアシュリーを罵ることではない！　愚息のやらかしたことに頭を下げるんだ！」

「だってこの女は侯爵夫人の務めを果たしていないのですよ!?　石女《うまずめ》に頭を下げるなんて——」

「母上!!」

ライナスはそれ以上言わせないよう義母の口を手で塞いだ。

「……石女《うまずめ》、ね。もう言われすぎて今更感があるわね。もういいわ。すんなりサインしてくれてたら速やかに邸《やしき》を出る予定だったけど、もうこの場でハッキリさせましょう、ライナス」

私の表情に何かを察したライナスは、義父と同じく青を通り越して白い顔になっていく。

「違う……違うんだアシュリー。話を聞いて——」

「いいえ、もう貴方の言い訳は聞き飽きた」

私は弁護士さんから分厚い封筒を受け取り、ライナスが私にした仕打ちの証拠の数々を義父と義母の前に広げて見せた。

「お義母様。私が妊娠しなかったのは、もう何年もライナスに閨《ねや》を拒否されていたからです」

「は？」

私の告白に義母は驚愕している。

そして苦虫を噛み潰したような顔をしている義父は、どうやら知っていたようだ。

きっと家令が伝えていたのだろう。

「アシュリー！　アシュリーごめん！　もう拒否なんてしない！　これからは早く家に帰ってア

シュリーとの時間を増やすから、だから頼むよ……っ。俺を捨てないで。別れたくない！　君を愛してるんだよ」

ライナスがテーブルに身を乗り出して、私にすがろうと手を伸ばしてくる。

その瞬間、ぞわっと再び悪寒が走り、条件反射で後ろに身を引く。

そして——

「私に触らないで!!」

思わずライナスを怒鳴りつけていた。

部屋の中に静寂が流れる。

全員が私の声に驚いて目を見開いていた。

咄嗟《とっさ》のことに自分でも驚いたが、こればかりはもうどうしようもない。

——無理なのよ。もう完全に無理。ライナスを生理的に受けつけない。

「何を言われても、私の気持ちは変わらない。私はライナスを許せない。だから離婚します」

「嫌だ……っ、もう浮気しないから！」

「別にもうどうでもいいわ。私と別れて好きなだけ女を抱けばいいじゃない。どうぞご自由に」

「俺はアシュリーがいいんだよ！　君の存在がどれほど大事なのか思い知ったんだ。君のいないこの二ヶ月、身を切られたかのように痛くて、辛かった。お願いだアシュリー……っ、これからも俺の側にいてくれ」

「無理です」

「アシュリー！」

「貴方は何もわかってない!!」

あまりに身勝手なライナスの言い分に、腹が立って仕方なかった。

たった二ヶ月一人を味わっただけで、この世の不幸を背負ったみたいな顔しないでよ。

身を切られるほど辛かった？

その痛くて辛い日々を、私は四年間耐えたのよ。

いっそこのまま儚く消えてしまおうかと思ったことも一度や二度じゃない。

その間、貴方は一度も私に振り向いてくれなかったじゃない。


「私が貴方を許せないのは、浮気のことだけじゃないわ。貴方が私の矜持を傷つけたからよ」

共にいた十八年の中で、私は今初めて、ライナスに憎しみの目を向けている。

その事実にライナスはショックを受けたようで、小さく震えていた。目尻に涙が浮かんでいる。

この期に及んでも被害者意識の高い男に、ますます私の気持ちは冷めていく。

そして視界の隅に、急に大人しくなった義母が静かに目の前の証拠書類に目を通している姿が映った。少し気になるけど、今はライナスに一刻も早くサインさせたい。

「……じゃあどこを直せばいい？　全部直すから、一生かけて償うから、だから俺にやり直すチャンスをくれ……っ。別れたくないんだ！」

「もう妻には欲情しないんだよ。隣で寝てもなんの反応もしない。――だったかしら？　貴方、職場で団長にそう話してたじゃない。抱けない妻となんてさっさと離婚して、新しい人を迎えて子作りに励めばいいじゃないの。それがセルジュ侯爵家のためだわ」

いつかの会話をそのまま話してあげると、ライナスは顔面蒼白になり、先ほどよりもはっきりとガタガタ身体を震わせている。

「な、なぜそれを……」

「なぜ？　扉の前で聞いていたからよ。差し入れ持っていったでしょう？　あんな話を聞いてしまったら貴方の顔なんか見たくなくなっちゃって、差し入れだけ置いて帰ったの」

にっこりして答えると、ライナスは口をぱくぱくして何か言おうとしていたが、焦りすぎてなかなか言葉が出てこないようだ。

「そして貴方はこうも言ったのよ。もう子供に関しては養子を取ってもいいって……っ、私とはただ……穏やかに暮らせればそれでいいって……すごく、私をバカにした声で言ってたわ」

私はあの時のことを思い出して、悔しくて声が震える。

「違う……っ、誤解だ！　バカになんかしてないよ。するわけないだろ！」

「バカにしてなかったらそんな発言出てくるわけないでしょ！　夫婦なのに、なぜ私たちの血を引いた子供は要らないと勝手に決めたのよ!?　こんな侮辱ないわ！　貴方はなんのために私と結婚したの!?　飽きて女として見られないならさっさと離婚すればよかったじゃない!!」

私はついに涙腺が決壊して、最後のほうは泣きわめいてしまった。

そう、私が何よりも許せなかったのは、私になんの断りもなく夫婦の未来を勝手に決めたこと。

この男はこれからも私を抱くことはなく、子供は諦めさせて養子を取り、自分は陰で浮気しながら私との結婚生活を続けるつもりだったのだ。

見たくないこと、嫌なことはすべて私に押しつけて、自分は楽な道を歩こうとしていた。

なのに、愛してる？　これのどこに愛があるというの？

貴方のそれは愛じゃない――

「ライナスにとって結婚ってなんだったの？　そんなにすぐに飽きてしまう軽いものなの？　この人と家族を作りたい、この人と添い遂げたい。そう一大決心してするものじゃないの？　私をお飾りにするために結婚したの？」

「違う!!　俺は……俺は……っ」

「貴方にとって、私との結婚は数あるゴールの一つにすぎなかったのかもしれないけど、私にとっては特別な……新しい人生の始まり《スタート》だったのよ」

脳裏に、無邪気に笑い合っていた幼い頃の私たちの姿が浮かんだ。

あの頃からずっと夢見てた。

大好きなライナスのお嫁さんになって、大好きな彼の赤ちゃんを生んで、お父様とお母様みたいに夫婦仲良く暮らす。そんな幸せな家族の夢を――

でも、もう二度と叶うことはない。

もうあの頃のような私たちには戻れない。

私たちの築き上げてきた絆は、粉々になって消えてしまった。

「早く……サインをしてください」

「アシュリー！」

ライナスも涙を流していた。でも私の心は揺らがない。

もう私にも、貴方への愛は残っていない。

「何度も言わせないで。今サインをしてくれないなら、私は裁判を起こします」

同じ未来を描けない人と、夫婦として共に歩くことはできない。

「まっ、待ってくれ!! 裁判なんて起こされたら我が家は終わりだ！ アシュリー、頼む！ 裁判だけはやめてくれ！ ――このバカ息子が!! もういい、さっさと書類にサインしろ!! 裁判よりはマシだ！」

義父が私の裁判宣言に真っ青になり、泣き崩れているライナスにサインをさせようとペンを押しつけるが、ライナスはそれを払い除けた。

「嫌だ!! 俺は絶対にサインしな――」

――バシン!!

部屋に肌を打つ音が響いた。

音がしたほうへ視線を向けると、ライナスの片頬が真っ赤に色を変えていた。

それよりも何よりも、ライナスを叩いた人物に皆驚いている。

ライナスを叩き、凍えるような冷たい眼差しで彼を見ているのが、一番あり得ない人物だったのだから。

「サインをしなさい、ライナス」

誰もが怯むような冷たい声でそう言ったのは、一人息子を溺愛してやまない義母だった。

「――母上？　なんでそんな目で俺を見て……」

「この証拠が事実なら、貴方と夫婦でいたい女などこの世にいないわ。それくらいのことを貴方はしたの。仮にも騎士なら己のしたことの責任を取りなさい」

呆けているライナスを無視して、義母は私に視線を合わせた。

その瞳からはもう敵意は感じられない。

そしておもむろに席を立つと、私に向かって深々と頭を下げた。

「――は？」

その場にいる全員が驚愕で目を見開く。

あのプライドの高い義母が、私に頭を下げているのだ。

どういうこと？　一体何が起きているの――？

「アシュリーさん。事実を知らなかったとはいえ、貴女を傷つけて申し訳ありませんでした。全面的に私の非を認めます。書状の慰謝料はすぐにお支払いしますわ。――それからウチのバカ息子が……、あんな……あんな最低な仕打ちを四年も貴女にしていたなんて……っ。私の育て方が悪かったせいです。本当にごめんなさい」

義母の謝罪は、最後のほうは声が震えていた。

息子のしたことがショックだったのだろう。まだ頭を下げたまま肩を震わせている。

「伯爵夫妻におかれましても、本当に申し訳ありませんでした。私は訴えられても仕方ないことを大事な娘さんにしてしまいました。どんな罰も受ける覚悟です」

「クラウディア？」

「母上！」

義父が驚いて義母の腕を掴もうとすると、義母は「触らないで！」と叫んで義父を拒み、私たちに頭を下げ続けた。

こんな義母を見たのは初めてで、私は混乱して何を言えばいいのかまったくわからなかった。

対応に困っていると、隣の母が義母に声をかけた。

「――クラウディア様。お顔を上げてください」

顔を上げた義母は、絶望した顔で涙を流していた。

先ほどまで私を睨みつけていた強い瞳は光を失い、もう何も映していないように感じられる。

「……アシュリー、クラウディア様の謝罪を聞いてどうしたい？　決めるのは貴女よ」

母に答えを促され、再び義母をまっすぐ見据える。

「――その謝罪が本物なら、慰謝料請求の書状にサインをお願いします」

「ええ。わかったわ」

「母上⁉」

義母はライナスを無視して、なんの躊躇《ためら》いもなく書状にサインをしてくれた。

私も同じくサインをして弁護士さんに渡す。

義母の変わりようにまだ戸惑いしかないけれど、これで一つ解決したわ。

あとはライナスだ——

義母は自分の手続きが終わると、冷たい視線をライナスと義父に送り、大きくため息をついた。

「……血は争えませんね。貴方？」

義母のその問いかけにビクッと体を揺らしたのは義父だった。

ライナスは下を向いて項垂《うなだ》れている。

もしかして、過去に義父も同じことをしていたの——？

「貴方も後継ができない理由を知っていたのではなくて？　知っていて私の耳に入れないようにしていたのでは？　ホントに、貴方にだけは似てほしくなくて反面教師にしてライナスを育ててきたのに、結局私の二十三年間は無駄に終わったわ。別居してあまり会わなかったのに、なんで似たのかしらね？」

「ク、クラウディア……今はライナスとアシュリーの話し合いだから……」

自嘲する義母を見て、義父は話題を変えようとする。確かに……都合の悪いことから逃げようとするところはそっくりかもしれない。

どうやらこの夫婦にもいろいろあるらしい。

「——ライナス、もう諦めてサインなさい」

「嫌だ……」

ライナスは下を向いたまま首を横に振る。

「このまま裁判をしたところで勝ち目はないわ。結局は離婚することになるのよ。それもこれも、全部自業自得なの。私がアシュリーさんの立場でも貴方とすぐに離婚したいと思うわ。ウダウダ言ってないでさっさとサインをしなさい。その慰謝料も払いなさいよ。侯爵家当主なのだから、自分の後始末は自分でつけなさい」

ここに来て、まさか義母が味方してくれるとは思いもしなかった。

この場に味方が一人もいなくなったライナスは、完全に追い詰められていた。

「どうしても……どうしても無理なのか？　もう閨《ねや》を拒否しないし、子供が欲しいなら何人でも産めばいい！　もうアシュリーが嫌がることはしないから……っ」

「もう止めなさい」

「母上には聞いてない!!」

「無理なものは無理なの。見なさい、アシュリーさんを。貴方の話を聞いて青ざめてるじゃない。女性はね、こうなるともう何を言っても無理なの。やり直したところで今度は貴方が拒絶される番よ。私も旦那様に触られると鳥肌が立つもの」

義母の思わぬカミングアウトに、義父は真っ白になって固まっていた。

「アシュリーさん、本当にごめんなさいね。貴女の本音をハッキリ言ってやってちょうだい。じゃないと、この愚息はいつまでも貴女に甘えようとするから」

私を労わる義母の言葉に、未だにどう反応していいのかわからない。

けれど、私がさっきのライナスの話に鳥肌が立ったのは事実だった。

「――ごめんなさい、ライナス。私はもう貴方の子供は産めない。産みたいとも思わない。不特定多数の人と関係を持った貴方に触れるなんてできないし、触れてほしくもない。考えただけでこうして鳥肌が立つわ。……やり直すなんてもう無理なのよ」

私は袖をひじの手前までめくって、鳥肌の立つ腕をライナスに見せた。

さすがに気持ち悪いとは言えなかったが、言外にそう言っているのも同然なのは伝わったはず。

私の本音にライナスは酷く傷ついた顔をし、そして――大声を上げて泣いた。


ひとしきり泣いた後、ライナスは力なくペンを取り、離婚届と慰謝料請求の書状にサインをした。

同じく私もサインをして弁護士さんに渡す。

「これで離婚手続きは終わりです。本日役所に提出しますので、近日中に受理完了通知が届くかと思います。その後は、期限までに慰謝料のお支払いをお願いいたします」

「よろしくお願いします」

私は弁護士さんにお礼を言って、ライナスを見た。

泣き腫らした顔は痛ましいけれど、なんの感情も浮かんでこなかった。

もう、終わったのだ。私と彼の十八年間が――今終わった。

そして、今まで黙っていた父が初めて口を開いた。

「最後に、前侯爵にサインをいただきたい書類がある」

父がそう言うと、弁護士さんが義父の前に一枚の紙を差し出す。

それは私たちの離婚に伴い、婚約時に結んだ両家の事業契約を解消するための書類だった。

震える手でその紙を掴んだ義父は、すがるような目で父を見る。

「な、なんとか考え直してもらえないだろうか？　今度は事業提携として再契約を――」

「申し訳ありませんが、私は信用できない人間とは契約しません。今までの話を黙って聞いていましたが、どうやら貴方はライナス殿の行動を知りながらそれを諫めもせず、前侯爵夫人にその情報が入らないように手を回した。そのせいで娘はずいぶんと辛い目に遭いました。だがそれに対して真摯に謝罪をしてくれたのは前侯爵夫人のみだ」

「そ、それは！　息子の閨《ねや》事情に口を挟むなど野暮というものでしょう！　それに息子は成人した大人で現侯爵家当主だ。自分たちで乗り越えるべき問題ではないか」

「しかし前侯爵夫人の件に関しては貴方にも責任があるのでは？　義理の娘が石女《うまずめ》と罵られているのを知りながら放置していたのだから、人としての信用を失っても仕方ないでしょう。再契約など絶対にあり得ない。どうぞサインをお願いします」

父の拒絶にがっくりと肩を落とした義父は、ライナスと同じく力なくペンを握り、目の前の書類にサインをした。

私とライナスが子供の頃に出会ったのには、義父の思惑が大きく影響していたと思う。

父は自領内に平地が多いという利点を生かした事業展開をしていた。特に道の整備と商人に向けた運搬事業に力を入れていたので、義父としては侯爵家の事業発展のために、どうしても父との繋がりが欲しかったのだろう。

自分に有利な契約を結びたいなら、婚姻によって縁を結ぶのが一番手っ取り早い。

後継ぎのライナスを伴ってよく我が家に訪れていたのは、商談中に私たちの仲を深める意図もあったのではないかと、今になって思う。

義母の反対を押し切ってまで私たちを結婚させたのは、得られる旨味があったからだろう。

でも彼は、その事業契約の旨味を享受するだけで、私の存在を尊重してくれることはなかった。

だから父は怒り、付き合いを絶つことを選択した。

セルジュ侯爵家が財政難に陥ることは確実だろう。

でもそれは彼らの自業自得であり、もう私たちの知ったことではない。

今この時、両家の縁は切れたのだ――


「それでは、私たちはこれで失礼します」

もうここに用はないと部屋を出ようとしたその時、小さな声で私の名を呼ぶ声がした。

振り返ると、酷く悲しげな顔をしたライナスが私を見つめている。

――もうきっと、これが最後。

もうこの先、彼に会うことはないだろう。

「さようなら、ライナス」

私は最後に、笑顔で彼に別れを告げた。

邸《やしき》を出て、雲一つない晴天の空を見上げる。

柔らかい陽の光を受け、清々しい想いが胸に広がった。

これで私は自由だ。これからは自分の好きなように生きていける。

自分のための新しい人生を、好きな場所でゼロから始めるのだ。

――早く、辺境に帰りたい。

皆の笑い声が今、無性に聞きたくなった。

◇◇◇◇

「アシュリー！　久しぶりね！」

「いらっしゃいセイラ！　こっちに来て。今日は貴女の好物のアップルパイを用意したのよ。座って座って！」

今日は久しぶりのセイラとのお茶会。今回は私の実家の伯爵家でおもてなしだ。

――セルジュ侯爵家での話し合いから、一ヶ月が経とうとしていた。

離婚は既に成立していて、あとはライナスからの慰謝料を受け取るだけになっている。

高額なだけに用意するのに手間取っているらしく、私はまだ実家の伯爵家に身を寄せていた。

「ほんと、見違えたわアシュリー。いい顔してる」

セイラが私の顔を見て微笑んだ。

「そうかしら？　――でも確かに、貴女にライナスのことを相談していた時は酷い顔してたかも。それでも今はこうして笑顔でお茶会開いてるんだから、人生なんとかなるものね」


もしあの日、あの時――ライナスと団長の会話を聞いていなかったら。

私は未だにあの邸《やしき》で、一人泣いていたような気がする。

そしていずれ限界が来て、壊れていたかもしれない――

それを考えると、今までの辛かった時間のすべてはきっと、私が新しい人生の一歩を踏み出すために必要なものだったのだ。

「そういえば、セルジュ侯爵家の話は聞いた？　大変なことになってるらしいわね」

「――ええ、そうみたいね。先週義母が慰謝料の支払いに来て、少しだけ現状を教えてもらったわ」


先週、義母が慰謝料を用意して伯爵家まで来た時に、義父と離婚することにしたと話していた。義父はごねているらしいけれど、既に二十年以上別居していて夫婦関係は破綻しているので、法的にも特に問題なく離婚できるらしい。

そしてライナスへの仕事の引き継ぎが終わり次第、親戚を頼って隣国に移り住むと言っていた。

ライナスが侯爵家の嫡男にも関わらず騎士でいられたのは、義両親が事業経営と領地運営を担い、セルジュ領を支えていたからだ。

すべては、義母が息子の「騎士になりたい」という夢を叶えてやるためだった。

ライナスは、そんな親心も無にしてしまったのね――

でも義両親の離婚が決まった今は、騎士を続けようが辞めようが、ライナスには当主の仕事として領地運営はやってもらう――と、スパルタで引き継ぎしているらしい。


『きっと私、貴女に嫉妬してたの。幼い頃からあの子の愛を一身に受ける貴女が妬ましくて羨ましかったのだと思う。あの邸《やしき》で、私の生きがいはライナスしかいなかったから――』

『お義母様……』

『あの子が夫婦や家族のあり方について理解が乏しいのは、きっと私たちの歪な結婚生活のせいなの。普通の家庭でなら得られた知識や経験を、あの子は知らずに育った。私の理想だけを押しつけてしまった。――私たちのせいで、情緒が育たなかったのでしょうね』

そう言って、義母は悲しそうに笑った。

『嫉妬なんかせずに貴女と向き合えていたら、もっと早くライナスの行動に気づけていたかもしれないのに、本当にごめんなさいね』

『ふふっ、まさかお義母様からそんなセリフが聞けるとは思いませんでした。明日は雪が降りそうですね』

『あら言うじゃない。そんな嫌味を言えるくらいなら、もう大丈夫そうね。——じゃあもう帰るわ。元気でね』

『——クラウディア様も、お元気で』

最後に義母が見せた表情は、とても綺麗な笑顔だった。

いつもイライラして張り詰めていた空気はどこにもなくて、元々の彼女はセイラのような高潔な女性だったのかもしれない。

「クラウディア様は公爵家の長女だったから、一人息子にも後継者として厳しい教育をしたのかもしれないわね。それがライナス様には荷が重かったのかしら」

「……そうかもしれないわね」

義母の実家である公爵家は、今は彼女の甥に当たる方が継いでいる。それもあって実家を頼らず隣国に行くことにしたのだろう。

あるいは、私と同じように彼女も自由になって、自分のための人生を歩みたいと思ったのかもしれない。

「それと、聞いてびっくりしたんだけど、クラウディア様と前侯爵は学園時代、とても仲睦まじい恋人同士だったらしいわよ」

「ええ？　それほんと⁉　てっきり政略結婚なんだと思ってた……」

「ホントよ。お母様たちが同世代だから聞いたの。で、在学中に婚約までして卒業後にすぐ結婚する予定だったんだけど……」

なんとなく、その後の展開が想像ついた。

「結婚前の火遊びというか、下位貴族の令嬢が、卒業間近に前侯爵を捨て身で誘惑してきたみたいで、それに乗って浮気しちゃったらしいのよね」

やっぱり……。令嬢はあわよくば愛人の座にでもつこうとしていたのかもしれない。

「でもその後の調査で、令嬢が彼に媚薬を盛っていたことがわかって、前侯爵は被害者だと立証されたらしいの。だからクラウディア様は彼を許し、そのまま結婚したのよ。でも――」

「――結婚後も浮気したのね」

ため息混じりに言うと、セイラが頷いた。

「そうなの。しかも今度はクラウディア様の妊娠中よ？　まだ妊娠初期でつわりで寝込んでいた時期に、複数の下位貴族の女性と関係を持っていたらしいの。それが明るみに出て揉めに揉めて、当時の社交界ですごい話題になったんですって。だからアシュリーのご両親も知ってるかもしれないわね」

私は思わずこめかみを手で押さえた。

今更ながら、ライナスの所業を知った時の義母の絶望がわかった気がする。

血は争えないと言っていたのはそういうことか。

手塩にかけて誠実な男に育て上げたはずの愛する息子が、クズだと思っていた義父と同じような裏切りを妻にしていたのだから。

『私の二十三年間が無駄に終わったわ』

あの言葉にはライナスのことだけでなく、自分の結婚生活のことも含まれていたのかもしれない。

だから義父と離婚することを決めたのだろう。

「クラウディア様の下位貴族の令嬢嫌いはそこから来てるらしいわよ。同じ女として気持ちもわからないでもないけど……でもそれとアシュリーは関係ないから、同一視されちゃたまらないわよね」

下位貴族の令嬢が玉の輿や愛人の座を狙って、体を使って高位貴族の令息を狙うのはよくあることらしい。

それを人生の中で二度も経験したら、私も義母のようになってしまうかもしれない。

私は子供がいなかったからこうして逃げられたけど、義母は妊娠していたから逃げようがなかったのだろう。

義父に触られると鳥肌が立つから別居したと言っていたし、あの人はそんな辛い生活をライナスのために二十年以上耐えたのだと思うと、なんだか切なくなった。

夫婦ってなんなのだろう――永遠の愛なんて、どこにもないのかしら。

でも両親みたいに、年を取ってもずっと愛し合っている夫婦は実際にいる。

それは、選ばれた人にだけ訪れる奇跡なのかもしれない。

私には、訪れなかった奇跡。

――遠く、手の届かない夢。

私がその夢を再び追いかけることは、きっともうないだろう。

「そういえば聞いたわよ。辺境で看護師として大活躍してるみたいじゃない。アシュリーが来てから治療効率が上がって騎士たちの復帰が早くなりそうで助かるって、叔母様が褒めてたわよ。ずっと辺境にいてほしい人材だって」

「本当⁉　そう言ってもらえるのはとても嬉しいわ！」

辺境伯夫人に認めてもらえるなんて、とても光栄なことだわ。

何より、必要とされることが嬉しい——

「正直最初はね、傷から流れる血を見るだけで怖くて震えていたの。でも、命をかけて人々を守る彼らと、その彼らを必死で助ける先生たちを見て、私も何かしたいって思ったの」

王都とはまるで違う環境に、戸惑いを隠せなかった。

なんの危険もなく、王都でぬくぬくと暮らしていた自分が恥ずかしくなったこともある。

私が今まで享受していた平和は、彼らの決死の戦いの上に成り立っていたのだ。

「辺境騎士たちは、一人一人が国防の要なのよね。そんな彼らを支えることが国の守りに繋がるのなら、こんなやりがいのある仕事は他にないんじゃないかって、今はそう思ってる」

侯爵夫人だった時にはなんの役にも立たなかった看護の資格を、国のために生かせるのだ。

こんなに光栄なことはない。

人生に無駄な努力などないのだと、身をもって知ることができた。

「私、今の仕事が好きみたい」

笑顔でそう答えると、セイラは安堵したように微笑んだ。

「よかった。アシュリーはもう完全に吹っ切れてるみたいね」

「ええ。これでなんの憂いもなく前に進めそう。セイラのおかげよ。本当にありがとう」

「どういたしまして。――ところで、アシュリーはいつ辺境に帰るの？」

「ライナスから慰謝料を受け取り次第帰るわ。今月いっぱいは実家にいるつもり」

「え？　また彼に会うの？」

「まさか！　当日は母と街歩きする予定よ。母が久しぶりに家族が揃った！　ってはしゃいでてね。買い物やら観劇やら、この数日いろんなところに連れまわされているのよ。辺境に戻るまでの親孝行だと思って、弟と一緒に付き合ってるの」

「ふふふっ、五年ぶりに娘と出かけられるのが嬉しくて仕方ないんじゃないかしら。――あ、そういえば、叔母様からの手紙で知ったのだけど、あっちでカイゼルが手を焼かせたみたいね」

「カイゼル様？」

「ええ。こっちでアシュリーに会うことがあったら謝っておいてくれって。病室を脱走したりしてたんでしょう？　従兄がごめんなさいね。でも――ふふふっ。申し訳ないけど、その話を聞いて笑ってしまったわ。なんだか昔のヤンチャな彼に戻ったみたいで。最近のカイゼルは塞ぎ込んでいることが多かったから、ちょっと心配だったのよね」

塞ぎ込む……そういえば、彼は入院中毎晩のように悪夢に魘《うな》されていたわ。

きっとそうなるような辛いことがあったのだろう。

あんな過酷な環境で戦っていれば、トラウマの一つや二つあってもおかしくないもの。

「カイゼルはきっと――アシュリーのことが心配だったんじゃないかしら」

「心配？　私のことが？」

「少し前のアシュリーは、ちょっとカイゼルに似ていたのよね。酷く疲れて、生きる気力をなくしていたというか……。なんだか自分を見ているようで放っておけなかったんじゃないかしら」

「……」

身に覚えがあるので否定はできなかった。

あの頃は、何度も消えてなくなりたいと思っていた。

カイゼル様もそんな気持ちを抱えていたのだろうか？

だからあんなふうに魘《うな》されていたのかしら。

悪夢であんなに苦しむほどの思いって、なんなのだろう――

「カイゼルもね、私からは何も言えないけど、いろいろあったのよ。トラウマっていうのかな。そのせいで本人だけじゃなく、彼を心配する家族全員が苦しんでたの。でもアシュリーが辺境に来てくれたおかげで、騎士団の中が以前のように明るくなったって皆が喜んでた。私からもお礼を言うわ。ありがとう、アシュリー」

「そんな、私は何もしてないわ。ただ看護師として働いていただけよ。それに私、カイゼル様にはいつも怒ってばかりだったわよ？　だってあの人、重傷なのに全然安静にしないんだもの！」

　私があの頃のカイゼル様を思い出して呆れながら言うと、セイラが声をあげて笑いだす。

「いいのよそれで。アシュリーはそのままで、これからもあの手のかかる男を叱ってやってちょうだい。――それでいつか、二人が幸せになってくれたら嬉しいのだけどね」

「え？　ごめんセイラ、最後のほう小さくて聞こえなかった」

「ううん。なんでもないわ」

◇◇◇◇

『さようなら、ライナス』

　彼女はあの時、そう言って久しぶりに笑顔を見せた。

　――とても、綺麗だった。

　そしてそのまま、なんのためらいもなく俺に背を向けて去っていこうとする。

　嫌だ、待ってくれ。行かないでアシュリー！

　全部謝るから、もう二度と裏切ったりしないから、俺を捨てないでくれ、アシュリー！


「アシュリー!!」

　自分の声に驚いて俺は飛び起きた。

「……なんだ……夢か……」

寝汗で張りついた髪をかき分け、ため息をつく。

「――いや、夢じゃないな。これは現実だ」

広いベッドの上で一人ごちる。

もう、あの柔らかい金の髪に触れることはできない。

その髪の持ち主は、一週間前に俺の前から去ってしまった。

「アシュリー……」

俺は未だに現実を受け入れられていない。

あの別れの日に囚われたまま、一歩も前に進めない。

『ライナスにとって結婚ってなんだったの？　そんなにすぐに飽きてしまう軽いものなの？　この人と家族を作りたい、この人と添い遂げたい。そう一大決心してするものじゃないの？　私をお飾りにするために結婚したの？』

――違う。愛してたから結婚したんだ。

『貴方にとって、私との結婚は数あるゴールの一つにすぎなかったのかもしれないけど、私にとっては特別な……新しい人生の始まり《スタート》だったのよ』

あの日のアシュリーの言葉が、脳内で繰り返し再生される。

俺は無意識に、アシュリーを戦利品か何かだと思っていたのだろうか――

母ともあれからギクシャクしている。

俺を悲痛な目で見るようになり、育て方を間違えたと泣かれてしまった。

父は、頭を抱えながら傾いた事業の立て直しに奔走している。

そして俺は、アシュリーを失った喪失感に、日に日に押し潰されそうになっていた。

あの日、触れることさえ拒絶されて、初めてアシュリーの苦しみを知った。

アシュリーは俺に閨《ねや》を拒否される度に、こんな思いをしていたのか。

こんな苦しい思いを四年も――

どんなに後悔しても、もう二度とアシュリーは戻ってこない。

その現実が――死ぬほど苦しい。


「そんな、クラウディア！　考え直してくれ！　俺は離婚なんてしたくない！」

アシュリーとの離婚後、両親にも離婚話が持ち上がった。

俺にとっては今更感があるが、離婚後に母が俺とも縁を切ろうとしていることにはショックを受けた。

「貴方には愛人がいるのでしょう？　二十年以上別居していた妻なんか要らないでしょうに。領地運営のことならこれからライナスに引き継ぎしますからご心配なく」

「何を言っているんだ！　誤解だ！　俺に愛人なんかいない！」

「今はいないだけでしょう？　何度か女性と暮らしていたことを私が知らないとでも？」

「なっ!?」

「貴方の女性関係など興味なかったのですけど、お相手が私に離婚するように直談判にいらしたり、どれだけ貴方に愛されているか自慢しにいらしたりしましたので。——ホント、ああいう女性たちってなんで寵愛を受けているというだけで大きな顔ができるのかしらね？　自分ではなんの力も持っていないのに」

母の冷笑に父は血の気を失くしている。

「違う……っ、俺が愛してるのはお前だけだ。アイツらは勝手に住み着いただけで、寵愛なんてしたことない」

「……愛？　笑わせないでください。まさか貴方もただの性欲処理だなんて言うつもり？」

「お前が！　お前が俺を拒絶するからだろう！　お前が受け入れてくれていたら他の女など相手にしない！」

「私のせいだと言うの？　ホントうんざりだわ。この家には責任転嫁する卑怯な男しかいないのかしら？」

その言葉に、俺のことも含まれているのがわかる。

あんなに俺を愛してくれていた母は、もう俺のことを諦めてしまったらしい。

俺はアシュリーだけではなく、母の愛も裏切ったのだ。

当たり前のように注がれていた母の愛も、アシュリーの愛も、無限にそこにあるものではないのだと、失ってから気づいた。

「頼むよクラウディア……っ、愛してるんだ」

「私は愛してない」

母に泣きながらすがる父の姿と自分が重なる。

一緒に暮らしたこともなく、年に数回しか会わない父親の気持ちが痛いほどわかるなんて、やはり血は争えないというやつなのだろうか。

◇◇◇◇

「――この度は、愚かな私のためにお時間を取ってくださり、誠にありがとうございます。私の行動のせいで大事な娘さんを傷つけてしまい、本当に……本当に申し訳ありませんでした」

伯爵邸の玄関前で、軽蔑の眼差しを送るアシュリーの父に頭を下げた。

アシュリーに会えるのではと少しだけ期待したが、やはり彼女の姿はどこにもない。

「貴方からちゃんとした謝罪を受けたのは初めてですね。でもまあ、許すことはできませんが。そんな謝罪一つで娘にした仕打ちが許されるわけないでしょう」

「……本当に、申し訳ありませんでした」

頭を下げたまま、もう一度謝る。

今日はアシュリーへの慰謝料を支払いに来た。

売りに出していた王都の邸《やしき》にやっと買い手がつき、期日ギリギリに用意することができた。

これを渡したら、もう終わり。

完全にアシュリーとの縁が切れる。

「まあ、立ち話もなんですから、どうぞお入りください」

邸《やしき》の中に入れば、執事や使用人たちも心なしか冷たい視線を送ってくる。中には俺が子供の頃からいる顔見知りの使用人たちもいたが、彼らから受ける視線もすべて冷たいものだった。

伯爵邸は俺にとっても馴染み深い、思い出の場所だったのに——大勢の人を失望させてしまったことを改めて思い知る。


「では金額を確認させていただきます」

応接室に入り、すぐに慰謝料を入れたトランクを伯爵に差し出した。

執事と伯爵が金額を確認する中、窓の外に見覚えのある大きなカエデの木を見つける。

——懐かしい。

子供の頃、アシュリーとあのカエデの木の下でよく遊んだ。

俺が木登りをしたり、アシュリーが木陰で絵本を読んだり。

脳裏に、ずっと忘れていた幼き日の思い出が蘇る。

『アシュリー、なんの絵本読んでるの？』

『ライナス！　……えっとね、これは『騎士とお姫様』っていう絵本だよ。私の大好きな絵本なの。悪い人に捕まったお姫様を、騎士様が助けてくれるのよ』

『騎士が？　そういうのって王子様が助けるんじゃないの？』

『そういうお話もいっぱいあるけど、私は騎士様のほうが好き！』

『そうなの？　なんで？　女の子って皆王子様が好きなんじゃないの？』

『だって、王子様は皆の王子様になっちゃうけど、騎士様はお姫様だけの騎士様になって、ずっと側にいて守ってくれるのよ。素敵でしょ？』

子供の頃のあどけないアシュリーの笑顔を思い出し、手が震える。

なぜ忘れていたのだろう。一番大事な気持ちだったのに――

俺が騎士になりたいと思ったのは、アシュリーを守れる男になりたかったからだ。

アシュリーの騎士になりたかった。

それなのにいつの間にか忘れて、守るべき笑顔を曇らせ、たくさん泣かせてしまった。

「あ……あ……」

鼻の奥が痛んで、涙がこぼれ落ちる。胸が締めつけられて息苦しい。

――俺は、アシュリーの騎士にはなれなかった。

急に泣き出した俺に伯爵たちは少し動揺していたが、理由については問われなかった。

「提示した金額を確認させていただきました。これでそちらとの関係は白紙に戻りますのでご了承ください」

「――はい」

これで完全に終わった。

俺とアシュリーを繋ぐものは、もう何もない。

「伯爵……、最後にこれを彼女に渡してもらえないでしょうか？　私からの謝罪の手紙です」

「渡すわけないでしょう」

「――そうですか。でしたら捨ててください」

俺はテーブルに手紙を置き、もう一度深く頭を下げ、そのまま邸《やしき》を出た。

馬車に乗り込み、出発する際に小窓からもう一度カエデの木を見つめる。

「……さよなら。アシュリー」


馬車に揺られながら流れる景色を眺め、これが最後だと何度も自分に言い聞かせる。

自分には彼女に会う資格も、隣に立つ資格もないのだと。

「ふ……っ、ううっ……っ」

情けなくも嗚咽が漏れる。

アシュリーを失って、母の愛情も裏切って、俺の側にはもう誰もいない。

こんなに後悔するなら、なぜもっと早く気づけなかったのだろう。

母と別れた時の言葉が蘇る。

『ライナス、領主はね、領民の命を守るのが仕事なの。騎士である貴方なら、きっと良い領主になれると信じてるわ。後は任せたわよ』

涙を浮かべてそう言い残し、母は俺の前から去っていった。

なぜ去ったのか、今ならわかる気がする。俺のためだ。

母が側にいたら、俺はきっと変われない。

また忙しさを理由に甘えて、同じ過ちを繰り返すだろう。

俺は変わらなくてはならない。

侯爵家当主として、どんなに針の筵でも、今度こそ逃げずに前に進むしかない。

もう、領民を守れるのは俺しかいないのだから——

そう決意を固め、視界に流れる景色を忘れないように、この目に焼き付けた。

◇◇◇◇

「本当は破り捨ててやろうかと思ったんだがな。それはお前に任せることにした」

母と一緒に街歩きをした帰り、顔を顰《しか》めた父から「慰謝料を受け取った」と報告を受けた。そしてライナスからの手紙を渡される。

なんとなく、すぐに読む気にはなれなくて、封を開けたのは寝る直前だった。

——その手紙には、自分が何もわかっていなかったことに対する謝罪が書かれていた。

家令や使用人、クラウディア様から話を聞き、あの邸《やしき》での私の生活がとても辛いものだったというのを離婚後に知ったらしい。彼に悪気はまったくなかった。ただ考えることから逃げただけ。

結婚当時、私に苦労させたくないと思って手を回したことがすべて裏目に出て、使用人たちとの距離を空け、母に誤解を与え、「お飾り妻」などと罵るきっかけを作ってしまったと、何度も謝罪の言葉が繰り返されていた。

そして私も、この手紙で初めてライナスの弱さを知った。

結婚してからのライナスの気持ちを、初めて知った。

彼も私との夫婦関係や、騎士と侯爵家当主のあり方に悩んで、苦しんでいたらしい。

離婚前にお互いをさらけ出すことができれば、何か変わったのだろうか。

――いえ、きっと無理だわ……


あの日、職場で彼の本音を聞いた時に、私たちは終わってしまったのだ。

そしてお互いに向き合うことから逃げてしまった時点で、二人の結婚生活も終わっていた。

きっと、二人とも結婚して家庭を築ける器ではなかったのだ。

だって――ライナスや義母と向き合わなかったのは、私も同じだったのだから。

ライナスに抱けない理由を聞くのが怖くて、話し合うことから逃げていた。

嫁いびりをする酷い姑には話なんか通じない、と勝手に決めつけて、義母に真実を話すことから逃げていた。

夫からの拒否によるセックスレスだなんて、惨めで誰にも言えなかった。

あの時、私がプライドを捨てて打ち明けていれば、クラウディア様は味方になってくれたかもしれないのに――

私自身も結局、未熟だったのだ。

『大好きなアシュリーの幸せを願っている』

手紙の最後の一文に、涙があふれる。

「ありがとう。ライナス」

私は安堵した。

心から愛した人を、最後の最後で憎まずに済んだことに。

「帰ろう。辺境に」


強くならなくちゃ。

自分の力で前に進めるように。

誰に対しても、胸を張って自分を誇れるように。

そんな強い女性に――私はなりたい。

◇◇◇◇

「アシュリー‼」

職員寮の前で馬車を降りると、大きな声で名前を呼ばれて驚いた。

振り返ると、目の前に満面の笑みを浮かべた大柄な男性が立っている。

「──カイゼル様。もう退院なさったんですか?」

彼は全治三ヶ月の重傷を負っていたけれど、見る限りだいぶ良くなったようだ。

「ああ、まだ激しい鍛錬は止めるように言われているが、ケガはもうすっかり治った」

「……」

私の見間違いかしら。まだ体のそこかしこに包帯や貼りつけたガーゼが見えるのだけど。

「今は何をされていたところなんですか?」

「走り込みだ。寝てばっかでだいぶスタミナ削られたからな。騎士団の屯所周りを走ってるんだ」

走り込みって……この広大な騎士団の周りを?

一体何十キロ走ってるのかしら……?

というか、それは激しい運動の部類に入るのでは?

「カイゼル様、退院してもまだ激しい運動は控えるよう先生に言われているんですよね?」

「これは基礎体力作りだから運動のうちに入らない」

「カイゼル様」

私が厳しめの声を出すと、笑顔だった表情は途端にシュンとして、叱られた子犬のように変わった。

「ごめん……。寮の前に馬車が停まってたから、もしかしてと思って全速力で走ってしまった……もう屯所に戻るよ」

しょぼんと肩を落として帰ろうとするその後ろ姿に、下がった耳と元気のない尻尾の幻覚が見えた。少しキツい態度を取ってしまったかもしれない……と良心が痛む。

「──待ってください、カイゼル様。私もそちらに顔を出しに行こうと思っていたので、一緒に行きませんか？」

悲壮感を漂わせていた背中がしゃきっと伸びて、また笑顔でこちらに振り返った。

「ああ！　ここで待ってるよ！」

かなりの長身で一見威圧感を放ちそうな外見なのに、こうしてニコニコしながら立っている姿は本当に大型犬のようだ。

皆が彼を慕うのは、こういう親しみやすいところなのかもしれない。

高位貴族でこんなに感情を豊かに表現する人は、王都ではあまり見なかった。

きっとそれが彼の魅力なのだろう。


荷物を置きに寮の中に入ろうとすると、再び彼に名前を呼ばれた。

「──おかえり、アシュリー」

「……」

不意にかけられた言葉に驚き、そして心が温まる。

家族以外の人に言われたのは、いつぶりだろう。

結婚していた時は、いつも私が言う側だった。

そしてそのうち、待ち人の帰る時間は遅くなり、「おかえり」と言う機会もなくなった。

誰かにおかえりと言ってもらえるのは、こんなに暖かくて嬉しいことだったのね。

いつの間にか、そんなことすら忘れていた――


「アシュリー？」

彼の心遣いに、自然と笑みがこぼれる。

「はい、ただいま」

ここには私の居場所がちゃんとある。

ここからもう一度、私の新しい人生が始まる。

第三章

『嘘つき!!』

――――ああ、またあの夢だ。

繰り返し見せられる夢。

お前は幸せになどなれないと突きつけるかのように、何度も、何度も見せられる。

もう眠りたくない。眠るのが――――怖い。


「カイゼル。いい加減にしろ。鍛錬は必要なことだが、お前の場合はやりすぎだ。しっかり休まないと判断力が鈍る。前線での注意力散漫は命取りになるぞ」

深夜、誰もいない訓練場で鍛錬をしていると、父に手を止められた。

気配をまったく感じなかったので驚いてしまった。

「今までのお前なら俺の気配に気づけたはずだ。ここまで索敵能力が落ちているなら、お前を前線から外すぞ」

「父上！」

「今のお前では、すぐに敵に足元を掬《すく》われて味方の士気を下げる」

「……」

何も反論できない。

「そうだな。父上の言う通りだ……。俺はまだ弱い」

大事な人間一人守れないほどに、――弱い。

「……はあ。そういう意味じゃない。お前の腕を疑っているわけではない。ただ、今のお前は騎士としての信念を見失っている。戦場で真っ先に殺されるのは迷いのある奴だ。騎士を率いる立場のお前が迷えば部下たちも迷う。結果、士気が下がって犠牲者が増えるんだ」

俺が犠牲者を増やす……

「お前、クマがすごいな。眠れないのか」

父の問いに、首だけ縦に振って答える。


あの日からずっと、眠れない――

眠ると夢の中で何度も何度も、目の前でロドルフを失うんだ。

目を閉じれば、あの時の声が、あの時の光景が蘇る。

『嘘つき!!』

何度も言われたその言葉が胸に刺さったまま抜けずに、ずっと膿《う》み続けている。

『父上を守ってくれるって……死なせないって言ってたじゃないか!! なのに、どうして……っ、カイゼル様の嘘つき!! 返せよぉ!! 父上を返せぇぇ!!』

『――すまない……』

アイツの亡骸にすがりついて泣く親子に、俺はそれ以外の言葉は何も言えなかった。

俺はその日、背中を預けられる優秀な騎士を、幼い頃から共に剣を学んできた兄弟子を、一番の親友を——俺のせいで死なせてしまった。

妻子という守るべき存在がいるアイツより、独り身の俺が死んだほうがよかったんじゃないか。

ずっとその考えが頭から離れない。なんで俺なんか庇ったんだと八つ当たりに似た気持ちまで湧いてきて、自分のクズさに反吐が出る。

……なあ、ロドルフ。俺はお前の妻と息子に、どうやって償えばいいんだ——

◇◇◇◇

俺より二つ年上のロドルフとは、幼い頃から共に辺境騎士団の精鋭となるために剣術の師匠に弟子入りし、剣を交わしてきた仲だった。

お互いの剣のクセ、間合い、戦うスタイルなどを熟知している俺たちは、戦地に行く時は大体コンビを組んで作戦を立てた。そして二人で数々の武功を立ててきた。

辺境伯家の次男というプレッシャーに潰されることなくここまで来れたのは、いつも俺の背中を守ってくれたロドルフがいたからだ。

「なあカイゼル！　さっき倒した魔物から出た魔石、俺に譲ってもらえないか？」

「ああ、いいよ。兄上に申請すれば通るだろ。Ａ級の魔物を倒した奴には褒美が出るからな」

「でも半分はお前の手柄だし」

「陽動役のお前がいなきゃ倒せてないよ。せいぜい相討ちがいいところだろ。いいから持ってけよ。奥さんに渡すんだろ？」

「ああ、もうすぐ結婚記念日なんだ。だから何か身につけるものをプレゼントしたくて」

そう言って幸せそうに笑うロドルフを思い出し、胸が締めつけられる。

――騎士道を重んじる、誠実な男だった。

そんな男の大事な者たちを、俺が絶望の淵に突き落とした。


あの日、中規模のスタンピード――大量発生した魔物の暴走を制圧して、油断していたんだ。

体がバラバラになっても動ける魔物がいることを失念していた。

終わったと思っていたのに――俺の背に狂気を感じた時には、もう遅かった。

――これは死ぬ。と悟った瞬間、

「カイゼル!!」

目の前にロドルフの後ろ姿が見えた。

鮮血がほとばしる。何が起きたのかわからなかった。

ロドルフは反射的に魔物の残骸を剣で地面に突き刺し、動きを止めた。

そしてそのまま、崩れるように地面に膝をついて、うつ伏せに倒れた。

「ロドルフ‼」

体を返して抱き起こすと、鋭利な爪で肩から腹にかけて深く抉られた傷があり、そこからとめどなく血が流れてくる。一目見ただけで致命傷だとわかった。

「……カ……イゼル……、ぶ……じか？」

言葉を発したそばから吐血している。

「喋るなロドルフ‼　今仲間を呼んですぐに先生のところに連れて行く！」

「カ……ゼル……、た……のむ……、妻と……息子……た……のむ……」

ロドルフの瞳から、徐々に光が消えていく。

「嫌だ……っ、逝くなロドルフ！　死ぬな‼」

「エ……ミリ……、テ……オ……たの……む」

「わかった‼　わかったからもう喋るな‼」

再び大量の血を吐き、ロドルフの顔がどんどん青白くなっていく。

「誰か‼　誰かいないのか‼　ケガ人を運ぶのを手伝ってくれ‼」

力の限り叫んだ声に、仲間の声と駆けつける足音が聞こえる。

だが、その時には既にロドルフの体から力が抜け、呼吸が止まっていた。

「嘘だ……ロドルフ……嫌だ……っ、戻って来いロドルフ‼」

何度呼びかけても、応えない。

もうその瞳に、何も映していない。

さっきまで息をして共に戦っていた体は、もう二度と動くことはなかった――

◇◇◇◇

「ロドルフの妻子には遺族金を支払い、仕事や教育の援助をするから大丈夫だ」

「……」

兄上が俺にそう告げてきたが、何が大丈夫なのかわからない。

だってもう、アイツはどこにもいない。

夫であり、父だったロドルフは、妻子の前から消えてしまった。

――俺が奪った。

金を渡したところであの親子の絶望は消えない。

彼らが望んでいるのはロドルフだ。

ロドルフの息子の――俺を慕ってくれていたあの子の憎悪に満ちた目が脳に焼きついて、今も俺を睨み続ける。

「しっかりしろカイゼル！　辺境の騎士なら死が身近にあるのは仕方ないことだ。皆覚悟のうえで騎士になっている。俺たちができることは、この地を守るために死んでいった者たちの想いを繋ぎ、この国を、辺境の民を守り続けることだ」

「……アイツは、辺境の民や国のために死んだんじゃない。強さにおごってミスした俺を庇ったんだ。戦場で俺が気を抜いたせいで――」

「将を守るのは臣下の務めだ。アイツは最期まで騎士として戦って散ったんだ」

「でもアイツには守るべき者がいた！　あんなところで、妻と息子を置いて死ぬつもりなんかなかったはずだ！　なのに俺が……っ」

どうして俺が生きてる――

「……俺が、死ねばよかったんだ」

それを言った瞬間、右頬に衝撃が走り、俺の身体は吹っ飛んだ。

地面に倒れこみ、脳が揺れて視界が霞む。

先ほどまで立っていた場所へ視線を向けると、激怒している兄が見えた。

「ロドルフの死をお前が愚弄するな」

凍りつくような、低い声が部屋に響く。

「アイツは、騎士として死んだ。それを他の誰でもないお前が！　守られたお前が!!　無駄死にのように言うな!!」

兄の怒声に、涙がこぼれた。

――皆が、俺のせいではないと言う。

アイツのためにも前を向けと言う。

どうやって……？

だって俺は、自分が愚かなのを知っている。

数々の武功を立てて、周りにさすが辺境伯の息子だと讃えられ、いい気になってたんだ。

一人で誰よりも強いと天狗になっていた。何が共に背中を預け合う仲だ。

何を根拠に『アイツの背中は俺が守るから死なせない』なんて大口叩けたのか。

全然、守れていないじゃないか。

『嘘つき!!』

そうだ。――俺は嘘つきだ。

◇◇◇◇

項垂《うなだ》れた俺を見て、父が深いため息を一つこぼした。

「これは重症だな」

父の言葉の意味を聞こうとした時、うなじに衝撃が走った。

「しばらくセシルに見張らせるしかないな。カイゼル、辛くともお前には乗り越えてもらわねばならない。辺境騎士団にはお前の力が必要なんだ。それ以前に、お前は俺の大事な息子だ。俺より先に死なせてたまるか」

「――ルードヴィヒ、運ぶの手伝うぞ」

「悪いな先生。ウチのバカ息子は手がかかって仕方ない」

「いいんだよ。カイゼルを心配してるのは皆同じだ。本当の意味でコイツを救ってやれないことが医者として不甲斐ないよ。睡眠薬を処方しておこう。毎回手刀で強制的に眠らせてたら首がムチウチになっちまう」

「悪い。世話かけるな」

父と先生の会話が朧気《おぼろげ》に聞こえる――

そして、俺の意識はそこで途切れた。


それからも戦いに明け暮れる日々が続いた。

食料強奪のために村を襲う蛮族や、それに便乗して侵略を狙っている隣国、そして国境沿いに広がるダルの森に潜む魔物討伐。

ロドルフの抜けた穴は大きく、ギリギリの戦況だった。

そうすると当然ケガ人が増える。

そして俺は、仲間の血を見るたびにロドルフのことを思い出して我を失った。

隊列を無視して仲間を助けるために特攻をかけ、仲間は守れても俺が重傷を負うという悪循環が生まれた。上司が隊列を乱して重傷を負うなど、目も当てられない。

それでも、どこかホッとしている自分がいた。

仲間を守って傷を負うと、俺の抱えていた罪悪感が少しだけ軽くなった気がした。

仲間を庇っての戦死なら、俺の罪も許されるんじゃないか――

そんな邪《よこしま》な気持ちが、俺から騎士の矜持を奪う。黒くドロドロとした何かに心が呑まれていく。

あの日、また重傷を負った時、俺が真っ先に感じたのは死への恐怖ではなく、安堵だった。

血が流れ、感覚が鈍り、意識が薄れていくことに「ああ、これでやっと楽になれる……」と、喜びさえ感じた。

でもその時、聞こえたんだ――

『大丈夫。大丈夫よ』

夢の中で、俺を許す声。

優しい、女性の声だった。

俺の許しを乞う言葉に『大丈夫。もう怖くないわ。だからもう、泣かないで』と、俺の手を取りながら応えてくれる。

その手の温もりが優しくて、温かくて、情けなくも俺は泣いていたらしい。

『もう、怖くない。大丈夫よ』

本当に――？

俺は許してもらえる？

このまま生きていても、いいのだろうか――

真っ暗闇の中に、オレンジ色の一筋の光が見えた気がして、すがるように手を伸ばす。

そしてだんだんと意識が浮上していった。

ゆっくりと目を開けると、夕日の色に染まった天井が視界一面に広がっている。
森にいたはずなのに、いつの間にか運ばれたらしい。
まだ意識が混濁している。体が重くて首だけしか動かせない。
視線を彷徨《さまよ》わせると、近くで椅子を引く音がした。
そして顔に影が差し、俺の顔を覗き込む人物が視界に映る。
その人物と目が合い……一瞬、時が止まった。
「――あれ、俺……死んだ？　……女神がいる」

なぜ、彼女がここにいる？
そこには、困惑の表情を浮かべた懐かしい人がいた。
ここにいるはずのない人――アシュリー。
学園時代、セイラと共に学園の二大女神なんて言われていた高嶺の花。
俺の――かつての想い人。

◇◇◇◇

「消毒して包帯を替えますので、じっとしていてくださいね」

そう言いながら、アシュリーは手慣れた様子で俺に包帯を巻いていく。

「……」

なぜ彼女がここで看護師の仕事をしているのだろうか。

いつからだ？　確か、卒業後に恋人だった侯爵令息と結婚したと聞いていたのに。

侯爵夫人がなぜ辺境にいるのだろうか――？

そんなことを考えながら彼女を観察していると、すぐに異変に気づいた。

話す声はあの頃のように優しいけど、表情があまり変わらない。

昔のアシュリーを知らない人たちはクールな女性だと思っているようだが、学生の頃のアシュリーは、いつも柔らかい笑顔で話す子だった。

周りの患者たちはアシュリーの素性を知らないらしい。

辺境の騎士たちは騎士学校に進む奴がほとんどで、俺みたいに王都の学園に行く奴は少ないから無理もないか――それに、貴族であっても辺境育ちの俺たちは王都の事情には疎い。

だからアシュリーが高位貴族で既婚者だなんて、誰も気づいていないだろう。

でも、指輪をしてないな。

ここにいるってことは、離婚したのだろうか――？

「……あ」

まただ――またあの顔をしている。

無の表情。光のない、何も映していない瞳。

その瞳と表情を、俺は何度も見たことがある。

戦えなくなった騎士が、大事な者を失った遺族が、鏡の中の俺が――同じ瞳と表情をしていた。――あれは、絶望した者の顔だ。

なぜアシュリーがそんな瞳をしている？

なぜそんな、今すぐ壊れて消えそうな顔をしているんだ？

アシュリーの様子が、俺の焦燥感を酷く掻き立てた。

「アシュリー」

「はい……？」

彼女が物思いに耽《ふけ》っていると、つい声をかけてしまう。

心を閉ざして、思考を奪うような黒い思いに呑まれそうになっているのがわかるから。

今まで俺自身が消えてなくなることを望んでいたクセに、目の前の彼女には消えてほしくない。

そんな自分勝手な思いに苦笑する。

それでも、嫌なんだ。

もう誰かを目の前で失うのは、――嫌だ。

病室を抜け出して、アシュリーを追いかけた。

なぜ侯爵夫人がここにいるのか、なぜそんなにも絶望しているのか、答えを知りたかった。

明らかに警戒され、迷惑がられていることに少しショックを受けたけど、それでもこんな状態の彼女を一人にすると絶対にロクなことにならない。

俺の勘がそう働き、彼女を助けたい一心で、迷惑がられても食い下がった。


そして今、彼女が俺の前で声を出して笑っている。

六年ぶりに見た彼女の笑顔はやっぱり可愛くて、綺麗で、目を奪われた。

そのままボーッとしていた俺は、大人しく兄たちに連行される。

「顔真っ赤だぞ、弟よ。しかも女神ってなんだよ。お前が言うとウケるな」

兄が俺の顔を見て「脳筋にもやっと春が来たか」と肩を揺らして笑っている。

「なっ……!?」

「やたらアシュリーに構うなぁと思ってたが、やっぱりそういうことか。なるほどなるほど～」

兄とは反対側の腕を掴んでいた先生までニヤニヤしながら俺を見てくる。

「な、なんだよ！　俺は別に……っ」

「ほら行くぞ！　今日は母上も見舞いに来るって言ってただろ。早く行かないと病室を抜け出したことがバレて母上の逆鱗に触れるぞ」

「げっ、母上のこと忘れてた……っ」

「ははは っ、なんか懐かしいな。この空気」

先生が笑いながら俺の頭をぐしゃぐしゃと撫でる。

――確かに、二人のこんな楽しそうな顔を見たのは久しぶりかもしれない。

そう気づいて、自分が情けなくなった。

今まで自分のことだけで精いっぱいで、全然周りが見えていなかった――

「……心配かけてごめん」

ゴンッ!!

「いで……っ!!」

二度目のゲンコツを食らって視界に星が飛ぶ。

ケガ人扱いするクセに容赦なく殴る兄を憎らしげに睨むと、不敵な笑みを浮かべていた。

「手のかかる弟の面倒を見るのはデキる兄の宿命だな。今更だ。気にするな」

「俺は気にしてほしいね。医者の仕事は治療であって、脱走患者を捕まえることじゃない。だからこれ以上俺の仕事増やすなよ？　悪いと思うなら大人しく寝とけ。次やったら問答無用で本気で尻に注射打ってやるからな」

「それはマジで勘弁してくれ……あれ恥ずかしいうえにホント痛いんだよ」

兄と先生に引きずられながら、こうしてバカみたいな話をするのも久しぶりな気がして、俺も気づいたら笑っていた。

そのまま病室に戻ると既に母がいて、俺を見るなり安堵の笑みを浮かべて涙ぐんでいた。

これなら怒られないで済むかもしれないと思ったのに、やっぱり頭に何度も手刀を喰らわされた。結構痛い。

その後、俺は母上からアシュリーが辺境に来た経緯を聞いた。

離婚協議中で行き場のない彼女をセイラが保護し、看護師の資格を持っていた縁で母がアシュリーを預かったのだとか。

あんなに学園の男共に羨まれながら彼女と結婚したクセに、離婚だと？

アシュリーにあんな顔させるなんて、あの男は一体何をしたんだ？

胸の奥に不快な思いが広がってイライラしていると、母が驚いた声を上げた。

「あらまあ。セイラが言ってたのはホントなのね」

「セイラ……？　セイラが何を言ったんだ？」

「学園時代のカイゼルの恋のお相手は、アシュリーさんなんでしょ？」

「はああ⁉」

アイツ、よりによってなんで母にバラしてんだ！

セイラには学園時代、従妹のよしみでアシュリーについて聞いたことがあった。

そしてその日のうちに俺の恋心がバレてしまったのだ。

バレた理由は「今まで女の話をしたことなかったから」というなんとも間抜けなものだった。

墓穴を掘り、その後セイラに質問責めにされ、もう二度とコイツには聞くまい、と誓った。

「子供の頃から剣にしか興味なかった男が、まさかまさかの面食いだったとは。でもいいじゃない。アンタ女を見る目があるわよ。アシュリーさんなら私も大歓迎だわ」

「何言ってんだよ！　既婚者だぞ」

「でも、もうすぐ離婚するじゃない。多分」

「……多分？」

「セイラが言うには、アシュリーさんと夫の侯爵は幼馴染で、なんでも十八年の付き合いらしいのよ。家ぐるみでの子供の頃からの関係だから、簡単に別れられるかわからないって。だからアンタも今は我慢して適切な距離を保つのよ。彼女に不利な要素を与えて離婚話が拗れたら、大変なのは彼女なんだから」

「……わかった」

返事をすると、母がニコニコして俺を見てくる。かなり上機嫌だ。

「何？」

「最近までバカやってきたカイゼルがここまで変わるなんて、恋の力って偉大ね～」

「は!?」

「今もアシュリーさんのこと好きなんでしょ？　いいじゃない。私は応援するわよ」

「……」

——そんなんじゃない。

確かにアシュリーを可愛いと思う気持ちはあるけれど、恋なんかじゃない。

俺はただ、アシュリーに消えてほしくなかっただけだ。

惹かれるなんて、許されるわけない。

俺に誰かを好きになる資格なんか、ない。

『嘘つき!!』

ほら……またあの声が聞こえる。

人を不幸にしておいて、自分だけが幸せを求めるなんて、できるわけないんだ。

「俺にはそんな資格――ないよ」

俺の血塗れの人生に、アシュリーを巻き込むことはできない。

――幸せになんか、できない。

「……カイゼル」

俺のこぼした小さな呟きを聞いた母の表情が、悲しみに染まった。

◇◇◇◇

それからしばらくして、アシュリーは離婚するために王都に帰った。

ここ最近、表情が明るくなったような気がするし、先生からは仕事にも向上心を持って取り組んでいると聞いた。以前の自分を取り戻し始めたようだ。

ただ、離婚の話し合いをすることで、やっと癒え始めた傷口がまた開くんじゃないか――

そう思うと、居ても立ってもいられない気持ちになった。

でも部外者の俺が考えたところで状況が変わるわけではない。

それでも、勝手に湧き上がる感情に戸惑ってしまう。

一つは、アシュリーが王都に戻ったまま辺境に帰ってこなかったら……という不安。

離婚協議に行ったとしても、話し合いの結果によっては、やり直すという可能性もあるわけで、もしそうなったらアシュリーはまた侯爵夫人として王都で暮らすことになる。

そうなればもう、アシュリーはこの辺境には戻ってこない——

協議の結果そうなったのなら、それはアシュリーにとってはいいことなのだろう。

二人は子供の頃から想い合っていたというから、他人にはわからない絆みたいなものがあるのかもしれない。すべてはアシュリーが決めることだとわかっていても、もう会えないかもしれないという可能性を考えると、酷く胸が痛んだ。

そしてもう一つは、あの男に対する激しい怒り。

アシュリーが辺境を発った後、見舞いに来た父と母が、彼女が離婚を決意するまでに至った経緯を詳しく聞かせてくれた。

あの男は、不特定多数の女と浮気を繰り返していたらしい。

そのうえ、夫婦に子ができない責任が自分にあるにもかかわらず、アシュリーのせいにされているのを放置していた。アシュリーは義母からは冷たく当たられ、使用人たちには距離を置かれ、お飾り妻にされていたのだとか。……とんだクズ野郎で殺意が湧き上がる。

「カイゼル、殺気が漏れてるぞ」

「いや、だってそんな奴が俺と同じ騎士で、しかも王宮騎士団の副団長だなんて腹立たしいでしょう。男の風上にも置けない。王宮騎士団は騎士道を軽んじる奴が役職に就けるんですか？」

あんなに可愛くて綺麗で、優しくて一途なアシュリーに愛されながら、なんでそんな酷いことができるのか理解できない。

俺なら絶対そんなことしない。

俺なら絶対に死ぬまで彼女を大事に――

「……」

待て、俺……、今何を考えた……？

「カイゼル？　どうしたの、顔真っ青よ」

「気分が悪いのか？　待ってろ。今先生呼んで……」

「いい！　大丈夫だから！」

父の言葉を遮って、俺は片手で顔を覆った。

今、俺は愚かなことを考えた。

――「俺ならそんなことしない」

――「俺なら絶対大事にする」

俺にはそんな資格はないと言った側から、浅ましいにもほどがある。

ずっと贖罪のために生きてきたのに、最近の俺はアシュリーのことで頭がいっぱいだ。

薄情な自分に嫌気が差す。

抑えても抑えても、隙間からあふれ出る、アシュリーに惹かれて止まない俺の欲望。

彼女のあんな辛そうな姿を見たくない。彼女の可愛い笑顔が見たい。彼女を失いたくない。

それらは全部、俺の抑えきれないアシュリーへの好意から来ている。

絶望しながらも看護師の仕事に打ち込み、必死に前を向こうとしている彼女に、どうしようもなく惹かれてしまう。俺なんかが彼女を求めてはいけないのに。

――どうしようもなく、彼女に会いたい。

◇◇◇◇

退院後、落ちた体力を戻すために屯所周りを軽く走っていたら、寮の前に馬車が停まっているのが見えた。もしかして――と、心拍数が上がる。

そして馬車に伯爵家の家紋が入っているのを見つけ、先生にまだ激しい運動をするなと言われていたのにもかかわらず、俺は全力で走ってしまった。

馬車の中からキラキラと揺れる金の髪が見えた時、気づいたら大声でその名を呼んでいた。

「アシュリー！」

俺はほっとして少し泣きそうになった。

彼女が帰ってきた。またアシュリーに会えた。

大声で呼ばれたことに驚いたアシュリーは、目をぱちくりとさせて俺を見る。

不覚にも、その表情がとても可愛いらしくて悶えそうになった。

そして上から下まで俺の状態を確認した後はちょっと呆れ顔になり、また先生の言うことを聞かずに無茶をして、と厳しく注意してきた。

離れていた期間はたったの一ヶ月だというのに、アシュリーに叱られるのがとても懐かしく感じる。

彼女にきつめに叱られて、大人しく屯所に戻ろうとすると声をかけられた。

彼女も屯所に顔を出しに行くから、一緒に行こうと誘われる。

それだけで単純な俺は喜んでしまった。

彼女が目の前にいる。それだけで、嬉しい。

「おかえり、アシュリー」

俺が呼び止めてそう告げると、彼女は目を見開いて数秒固まった後、ふわりとその表情を崩した。

「はい、ただいま」

少し照れたような、そのはにかんだ笑顔に心臓が止まりそうになる。

「じゃあ、荷物置いてきますね」

「……」

寮の中に消えていったアシュリーに、なんの反応もできずに立ち尽くす。

――やばい……

心拍数がやばいことになっている。胸が苦しい。まずい。コレはホントにまずい。

「可愛すぎる」

顔が熱すぎて、両手で押さえながらその場に蹲《うずくま》った。

あの笑顔は心臓に悪い。ダメだ、抑えられない――

――好きだ。

――アシュリーが、好きだ。

ハッキリとそう自覚した瞬間、あの憎悪に満ちた瞳が脳裏に浮かぶ。

「……っ」

急上昇した体温が一気に下がった。

『嘘つき!!』

ああ――またあの声が聞こえる。

「ぐ……っ」

見たくない。聞きたくない。そう思って目を閉じて両耳を塞いでも、脳内にその姿は鮮明に映り、警告音のような耳鳴りまでする。

『愛する者を奪ったお前が、愛する者を得ようとするのか』

脳内で聞こえる幻聴に、目の前が真っ暗になり、血の気が引いていく――

それと同時に、寮の扉が開き、アシュリーの足音が近づいてきた。

何事もなかったように立ち上がって彼女を迎えると、彼女は俺をじっと見つめ、そのまま首を傾げた。

「……何かありました？」

「ん？　なんでもないよ」

俺は首を横に振り、笑顔で返す。

「じゃあ皆のところに行こうか」

「はい」

再び見せてくれたその柔らかい笑顔に、また胸が締めつけられた。

手を伸ばせばすぐ届く距離にいるのに、俺は手を伸ばせない。

――彼女が、遠い。

第四章

離婚して辺境に戻ってから、一年が過ぎた。

離婚後しばらくは、不意に襲うフラッシュバックに苛まれたけど、仕事に忙殺される日々でだんだんその症状も薄れていった。

「アシュリーさん、さっき早馬が来て、あと半日ほどで騎士たちが帰還するみたいなの。私は病室の確保をしてくるから、処置室の受け入れの準備をお願いできる？」

「わかりました！　すぐに準備します」

「それから、今回重傷患者が多いらしいの……。先生に患者名を確認して、早めにご家族の方に連絡を入れたほうがいいかもしれないわ」

「そうですか……」

看護師長のその言葉に、カイゼル様の顔が浮かぶ。

この一年、私は辺境の厳しさを改めて実感させられた。

想像を超える数の敵襲、その犠牲になる民の数。この地で暮らす過酷さを、日々目の当たりにしていた。

国境沿いは特に、隣国との小競り合いと魔物の氾濫が頻発し、その被害は甚大なものだった。

騎士団の分隊が各地に常駐しているとはいえ、医療体制が十分に整っていないために失われる命が多い。

私たちが働いている騎士団付きの治療院でさえ、人の入れ替わりが激しくて医師や看護師が常に不足している。私が働き始めた頃と比べても、看護師の数は既に半分くらいに減ってしまった。


ノックと共に医務室に入る。

「――先生、今お時間いいでしょうか？」

「アシュリーか。どうした？」

先生の手にしている書状が目的のものだと気づく。

「看護師長から重傷患者の名前を確認するよう言われました。その……ご家族に連絡を入れたほうがいいかもしれないと――」

「ああ……そうだな。この名前の上にバツと三角の印がついている奴らは、連絡を入れておいたほうがいいだろう」

先生が深刻な顔をして書状を私に渡してくれた。

バツ印は死亡者の印。三角印は重傷患者だ。

今回は、印のついた者の数が明らかにいつもより多かった。

中には言葉を交わしたことのある騎士の名前もあって、苦しい気持ちになる。

「――あの、カイゼル様は？」

「そこに名前が載ってないなら無事なんだろう。――ただ、これだけの犠牲者の数だ。多分また魘《うな》されるだろうな」

「……そうですね」


この一年、カイゼル様にはとても助けられた。

私が職場と騎士団にすんなり溶け込めたのは、次期騎士団長と呼ばれている彼が率先して私を仲間として扱ってくれたからだ。

自分の影響力を理解して、私のためにそうしてくれたのだろう。周りの皆もそれに倣って私に接してくれている。

私が離婚したことを話しても、傷物令嬢だと蔑む人は誰もいなかった。

私に居場所をくれた彼には感謝しかない。どうしたらこの恩を返せるのだろうか。

悪夢に魘《うな》され、神経を擦り減らしている彼を見ると、いたたまれない気持ちになる。

いつも誰かを守って傷だらけになっている彼のことは、誰が守ってくれるのだろう――

◇◇◇

その日は、皆の心を映したかのように、灰色に染まった低い雲がどこまでも続いていた。

「うっ……、ふうっ……」

複数の啜り泣く声が聞こえる。

今、辺境伯家の所有地にある教会で、騎士たちの葬儀が行われている。

この地を守って散った騎士たちの魂が、神の御許に辿り着けるよう、神官様と共に皆で祈りを捧げる。

まだこの地に来て日が浅いにもかかわらず、私は既に何度も葬儀に参列している。

改めて王都と辺境との環境の差に戸惑いを隠せない。

ライナスがいた騎士団に何度か足を運んだことがあるけど、皆の心構えや稽古の内容などがまるで違う。

辺境伯夫人として、ご自身も武芸を嗜まれるソフィア様が言っていた。王都と辺境では同じ騎士でも戦う対象が違うため、剣術のスタイルもまるで異なるのだと。王都の騎士の剣技は、主に王族の護衛に特化したもので、相手を殺すのではなく捕縛するのが目的だ。だから殺傷能力は高くない。また、王宮では品格も重んじられるため、見栄えの美しさも磨く必要がある。

でも辺境の騎士のそれは、魔物や国を脅かす敵を殲滅するための剣技。お綺麗な剣技ではなく、相手を確実に殺すための剣技なので、肉体の作り方から戦術理論まで、すべてが王宮騎士団とは異なるらしい。

『こっちは相手を殺さないと自分たちが死ぬ。自分たちが死んだら民が犠牲になる。王都の騎士とは背負ってるものが違うの。命のやり取りをしてるのよ。王都の騎士が辺境に来たら、多分真っ先に死ぬわね。それくらい環境が違いすぎるの』

背負っているものが違う……

常に前線に立っているカイゼル様やセシル様の肩には、どれほどの重圧がかかっているのだろう。

彼らを見ると、二人とも俯き、何かを堪えるように拳を握りしめていた。

カイゼル様は、少し前から本格的に次期騎士団長になるべく、セシル様について戦場に立っている。

嫡男であるセシル様はもうすぐ辺境伯の爵位を継ぐので、これからはカイゼル様が辺境騎士団の全指揮権を持つことになる。

きっと、とてつもないプレッシャーだろう。

それなのに、彼は未だ悪夢に魘《うな》されて睡眠不足が解消されていない。

そんな状態で、騎士団長の重責に耐えられるのだろうか？

私の懸念を先生に話すと、その時初めて彼の身に起こった出来事を聞かされた。

その壮絶な過去に、私は胸が苦しくなった。

彼はずっと、自分の目の前で死んだ友の死を引きずっている。

そして、自分を庇って死んだ友の家族に罵られ、そのことに深く傷ついたのだと。

その後は無謀な戦い方をしては大ケガを負うという――まるで死に場所を探しているような時期があったのだとか。

私が初めて彼の看護をした時の大ケガも、そんな無茶な戦いをした結果だったらしい。

彼はいつも『俺は体だけは丈夫だから、これくらい平気だよ』と言うけれど、それでも痛いことに変わりはないだろうに。

『アイツは体のケガより、心の傷のほうがずっと重傷なんだよ。こればかりは医者でも治してやれないからな……。どんなに心配しても、慰めても、諭しても、誰の声もアイツに届かない。……ホント、見てるほうは歯痒いよな』

そう言って先生は苦笑した。

私でさえ、治療の甲斐なく死んでしまった患者さんを初めて見た時、体が震えて仕方なかった。

初めて人が死ぬところを目の当たりにして、逃げ出したいほどの恐怖に襲われた。

それからも何度か人の死に立ち会ったけど、何度見ても怖くて震える。

治療を続けても手のひらから命がこぼれ落ちていく感覚は、トラウマになっても仕方ない。

それなのに、彼は大事な人を、よりによって自分が原因で亡くしたのだ。

しかも、見たら卒倒しても仕方ないほどの酷いケガだったらしい。もう既に息をしていないにも関わらず、彼は半狂乱で必死に傷口を止血し続け、二人を引き剥がすのが大変だったと聞いた。

その時の彼を想像するだけで、身を切られるような思いになる。

彼が魘《うな》されるたびに許しを乞う相手がその友と遺族なのだろうと思うと、悲しくなった。

軽々しく「気にするな」なんて言える内容ではない。

その心の傷は、医療ではどうにもできない。

棺の前で涙を流す家族たちを、彼はどんな顔で見ているのだろうか。

私からは背中しか見えないけれど、その大きな背中がなぜか震えて小さく見えた。

きっとまた、彼は傷ついている。

優しい人だから、仲間が死ぬたびにその傷をすべて背負ってしまっているのだろう。

彼はあまり人に弱さを見せることはしない。

私に何かできることはないだろうか。

彼は私がライナスのことで絶望していた時、心を閉ざして愛想のない態度を取っていた私に、根気強く話しかけ、心配してくれた。居場所を作ってくれた。

いつかセイラが言っていたように、あの時の彼は、絶望していた私に自分の姿を重ねていたのかもしれない。今の私が、彼のその耐え忍ぶ背中を見て苦しくなるように——

心の傷をどうやってケアすれば彼が楽になるのだろうか。

もしその方法が見つかれば、今涙を流している遺族の力にもなれるのではないだろうか。

それで大事な人の死で悲しむ人が減ってくれたらいい。一人でも多くの命を救いたい。

そのために、何をすればいい？

考えて、考えて、考えて、私は一つの方法を思いついた。

これなら忙しい先生に代わって私でもできる。

できたら、騎士の遺族や夫人たちにも協力してもらえたら嬉しい。

それを思い切って先生に打ち明けると、大賛成してくれた。

「それは俺にとっても有難い話だ。アシュリーの活動が根づけば生存率は確実に上がる。そしたら大事な人を失って傷つく人も減るだろう」

「カイゼル様の心の負担も……少しは軽くなるでしょうか？」

「そうだな。――ありがとう、アシュリー。アイツのことを気にかけてくれて」

「皆さんが心配してるのがわかりますからね。いずれ騎士団長になってこの国を守ってくれる方ですから、私も陰ながらお役に立てればと思ってます」

「……陰ながらというか、アイツを救えるのはもうアシュリーしかいないような気がするけどな」

先生が小さな声でボソボソと何か呟いた。

「え？　ごめんなさい、もう一度おっしゃっていただけますか？」

「いや、なんでもない。よし、根回しは俺に任せとけ！　手始めに騎士団の奴らを教育してやろう。勉強が苦手なヤツらばっかりだが、スパルタで頼むぞ、アシュリー」

「はい！」

私も、この辺境のために何かしたい。

遺族の悲しみを癒したいなんて烏滸《おこ》がましいことは言えないけれど、せめて悲しむ人が一人でも減るように、今私にできることを全部やりたい。

◇◇◇◇

「俺たちが救命活動を？」

食堂に集まっていた騎士たちに、早速先生が話をしてくれた。

「そうだ。この国を取り巻く情勢は年々不安定になってきている。今はまだ抑えられているが、魔物の数もだんだん増えてきている。つまり、今後戦況は激化の一途を辿り、その分、負傷者や死者も増えるってことだ」

「……」

先生のハッキリとした物言いに、騎士たちは難しい顔をしながらそれぞれ考え込んでいる。

今、この国の情勢が不安定なのは事実だった。

辺境に隣接している西の帝国がきな臭い動きを見せていて、辺境騎士団では警戒レベルを上げていた。──現在、隣国は不作続きで食糧難に陥っている。

現王家が軍事にばかり重きを置いた政治を行っていたため、農地改革を後回しにしたツケが回り、税収も減り、国内情勢が乱れているらしい。

そのため、国境沿いに住む蛮族を装った隣国の傭兵などが、実り豊かな我が国の土地を狙って度々こちらに襲撃を仕掛けては食料を奪い、辺境騎士たちを疲弊させているのだ。

これを問題視した辺境伯夫妻は、王家に支援と隣国への対応を要請した。

でも人材確保は難しく、資金の拠出についても国の動きは鈍かった。

間の悪いことに、議会で王族派より貴族派が権力を強めたために、王族の縁戚である辺境伯がこれ以上力をつけないように画策する動きもあるらしい。

襲撃については隣国はシラを切り通しているらしく、再度辺境に事実確認を求められた。

それは辺境が嘘をついていると言外に言われているも同然だ。

こちらはいつ隣国と開戦してもおかしくない事態なのに、辺境を軽んじている議会の対応に、ついに怒りを爆発させたソフィア様は、セイラとその父親である前公爵に声をかけて、近々王宮に乗り込んでやると息巻いていた。

私は政治についてはよくわからない。けれど、医療資格者の辺境への派遣、国境の警備の強化、度重なる襲撃で損壊した村の復興への支援金は、辺境の住民にとっては死活問題だ。

権力闘争をしている場合ではない。なんとか早く王家に動いてもらいたいと思う。

「知っての通り、辺境では医療資格者が壊滅的に少ない。血塗れの過酷な医療現場だから、派遣されても続かないんだ。常に人材不足にもかかわらず、負傷者は増える一方。このままのペースで行けば、医療崩壊が起きて死者が増えることになる」

皆、先生の話に息を潜めて耳を傾けている。

騎士の死亡者が増えているのは皆が感じていることだ。

つい先日葬儀をしたこともあり、先生が言っている内容は近い未来、確実に起こり得る予言のように思えた。

「俺はこれ以上お前たちを死なせたくない。だが現状維持ではそれは叶わない。そんな時にアシュリーから、騎士団内で救命処置ができる人材を育てたいという提案を受けた。今から彼女の話を聞いて、協力できる奴は力を貸してやってほしい」

先生が私に視線を向け、合図を送る。

私はそれに頷き、皆の前に出てそれぞれの顔を見渡した。

「私がこちらに来てから、一年が過ぎました。その間、医務室内では医者や看護師の入れ替わりが激しく、常に人材不足で、皆さんの治療とケアに十分に手が回せていないのが現状です」

食堂の一番奥にはカイゼル様もいて、こちらをじっと見つめている。

「その中で、治療の甲斐もなく命を落とされた騎士の方たちを何人も見てきました。そしてそれを悲しむ遺族の方たちも……」

先日の騎士たちの葬儀を思い出す。

幼い子供と妻を残して死んでしまった人が何人もいた。

そして、その遺族の姿を見て、傷ついているカイゼル様の背中も。

皆も思い出したのか、それぞれが神妙な面持ちをしている。

「ずっと考えていました。王都から人が派遣されてくるのをただ待つのではなく、今辺境にいる自分たちで何かできないかと。どうしたら一人でも多くの命を守れるのか、ずっと考えて……考えた結果が、救命処置ができる人を増やすことでした」

皆、真剣な顔で聞いてくれている。

私はそのまま言葉を続けた。

「戦場から屯所の医務室までケガ人を運ぶ時、どうしてもタイムロスが発生します。そのため、こちらに到着した時には既に手遅れの状態の方もいらっしゃいました。でも、もし負傷したその場に、すぐに救命処置ができる人間がいれば、助けられる命があると思うんです」

私の言葉に、視線を下に向けていた騎士たちが一斉に私を見た。

「緊急の救命処置に医療資格は必要ありません。皆さんでも行うことが可能です。知識を得れば、一人でも多くの仲間を助けられるかもしれない」

握った手に、無意識に力がこもる。

「本当なら私が医療班として戦場に同行したいのですが、それは逆に足手まといになると言われてしまったので……それならせめて、私の持っている救命の知識を皆さんに託したいと思いました。その知識を使って、一人でも多くの命を助けるために、どうかご協力願えないでしょうか？」

私は皆に頭を下げる。

全員が協力してくれるとは思っていない。

私が今お願いしていることは騎士の本分ではないからだ。

でも命を救いたい、守りたいと思う気持ちは、医者や看護師と変わらないと思うから。

「アシュリー、顔を上げてみな？」

先生の声で、ゆっくりと頭を上げる。

すると一番奥で、カイゼル様が手を挙げていた。

「カイゼル様……」

皆がカイゼル様に注目する。

「アシュリー、俺に教えて。俺はもう、何もできずに目の前で仲間を失うのは嫌だ。もうあんな思いはしたくない。負傷して苦しんでいる仲間の前では、剣なんてなんの役にも立たない。俺にも助けられる命があるなら、俺は迷わずその方法を手にするよ」

「……カイゼル様。ありがとうございます」

そして、私たちのそのやり取りを見ていた他の騎士たちも次々に手を挙げて、救命活動に力を貸してくれることになった。

「目の前で仲間を失うのは嫌だ」という彼の嘆きが、皆の心に響いたのだろう。

できることなら、私も彼にもう二度とそんな思いをしてほしくない。

いつか彼が、夢で魘《うな》されずに眠れる日がくればいい。

——こうして私は、最初の一歩を踏み出した。

◇◇◇◇

「アシュリーさん、副木《そえぎ》の固定の仕方はコレでいいかしら？」

「ええ。とてもよくできています！」

今日は、騎士の奥様方に実技と座学を教えている。

あれから皆のおかげで、私たちの活動は辺境に徐々に広まった。

騎士たちはほとんどの人が救命の授業を受けてくれて、早速現場で応急処置を終えたケガ人が搬送されるようになった。

そのおかげか、移送時にケガが悪化する負傷者が減り、騎士の現場復帰のペースが目に見えて上がったのだ。これには辺境伯夫妻も喜んでくれて、改めて二人にお礼を言われた。

『今までは王家に医者をもっと寄越せと陳情し続けてきたけど、辺境の騎士たちに救命活動をやらせるっていう発想は思いつかなかったわ。確かに考えてみれば彼らがやったほうが誰よりも早く手当てできるものね。一人一人が強いから医療班を囲んで護衛する必要もないし、かなり合理的な策だと思うわ！』

『王都から人が来ても結局居つかないからなぁ。その点、辺境育ちは最初から肝が据わってる奴らが多い。これは陳情の内容を変えたほうがいいかもしれないな。早速話を詰めるか』

そう言って夫妻は何かを企んでいるような笑みを浮かべて去っていった。


「そういえば、エミリーさんの件はあれからどうなったの？　マルチナさんが彼女から未だに音沙汰ないって心配してたけど。本当に引っ越したのかしら？」

「ああ、それがわからないのよ。ただウチの弟が言うには、遺族年金はちゃんと引き出されているから生活はできているんじゃないかって。ただお金を引き落としたギルドが王都に近い街だったから、出稼ぎでも行ってるのか？　って不思議がってたわ。彼女、辺境育ちでしょ？　外に知り合いなんかいたかしらね？」

「ええ？　ちょっと待って！　エミリーさん今辺境にいないの？」

「ただの弟の推測よ？　ここ最近エミリーさんとテオ君の顔を見ないし、家賃は払ってるみたいだから引っ越しとかではなさそうだけど」

「それほんと？　だってウチの息子、先週テオ君を見かけたって言ってたけど？　久しぶりだから声かけたけど、すぐに帰ってしまったって……」

「え……？」

休憩時間にお喋りしていた奥様たち三人が、急に固まって無言になった。

「……？　皆さんどうかしました？」

「アシュリーさん。辺境伯夫人からエミリーさんたちの件について何か聞いてないかしら？」

「エミリーさん？」

「ああ、貴女は彼女たちとは会ったことなかったわね。辺境騎士だったロドルフ様の奥さんだったエミリーさんと、息子のテオドル君なんだけど、最近二人とも顔を見ないから皆心配してるのよ」

「え？」

ロドルフ様って、確かカイゼル様を庇って亡くなった人よね……？

奥様たちが言うには、今回の救命活動の勉強会は、辺境騎士の遺族会にも話を通して招集をかけたらしい。それで唯一なんの返答もなかったのがエミリーさんだったそうだ。

遺族会代表のマルチナさんが家に会いに行くと彼女は留守で、彼女の職場に顔を出したら三ヶ月も前に辞めたと聞かされて驚いたのだとか。

その職場を仲介したのはマルチナさんだったが、なんの連絡もなかったらしい。

「えーと、話をまとめると、エミリーさんは三ヶ月前に仕事を辞めて辺境を出て、今は王都近くで生活している可能性があるんですよね？」

「断定はできないけど、そこでお金が引き出されているからそうなんでしょうね」

「ちなみにテオドル君は今おいくつですか？」

「八歳よ。最近までウチの息子と剣を習っていたんだけど、テオ君も急に顔を見せなくなって、息子も心配してたのよ」

私はなんだか胸騒ぎがした。

「息子さんが声をかけた時、同行者はいました？　エミリーさん以外にテオ君の保護者っているんでしょうか？」

「聞いたことないわね……。エミリーさんはロドルフ様との結婚前にご家族を亡くされたって聞いてるから、助けてくれる身内はいないはずだけど」

「再婚したとかいう話も聞かないわよね……」

「……」

三人の顔から血の気が引いていく。

「ねえ、これ、確認しに行ったほうがいいんじゃないかしら？」

「そ、そうね。マルチナさんにもお願いしてみましょう。ごめんなさい、アシュリーさん。私たちちょっとテオ君の様子を確認しに行ってみるから、勉強会はまた今度でも――」

「待ってください。もし事件だったりしたら危ないので、相談してからにしませんか？」

「え？」

「騎士のご遺族のことですから、辺境伯夫人にご報告して判断を仰いだほうがいいかもしれません。

それに何かあった時のために、私や騎士を連れて行ったほうがすぐに対応できると思うので」

「それもそうね。私たちが勝手に動くより、上の方の指示を仰ぎましょう」

「はい、私は辺境伯夫人に伝えて指示をもらって来るので、マルチナさんに連絡をお願いしていいですか？」

「わかったわ！」

こうして私は、思いがけないことがきっかけで、ロドルフ様の妻子に会いに行くことになった。

◇◇◇◇

「本当にこの家？　雑草ばかりでずいぶん荒れてるけれど……」

私は今、辺境伯夫人のソフィア様と、鍛錬中だったカイゼル様の弟――ジョエル様と一緒に、マルチナさんの案内でエミリーさんの家に来ていた。

何度か扉をノックして声をかけたが、やはり応答がない。

あらかじめ大家さんから受け取っていた鍵で中に入る。

すると、中からすごい悪臭がして、思わずハンカチで鼻を押さえた。

「なんだこれっ、全部ゴミか？」

ジョエル様を先頭に家に入ると、中はとても散らかっていた。

ゴミや生活用品がそこかしこに落ちていて足の踏み場がない。

「テオドル！　いるのか⁉」

彼がテオ君の名を呼びながら、物をどかして道を作っていく。

「……まるでゴミ邸《やしき》ね」

ソフィア様も顔を顰《しか》めながら歩を進めた。

とても子供が住める空間ではない。なぜこんなことに……

どうか空き家であってほしいという私の願いは、ジョエル様の声でかき消された。

「テオ‼」

ジョエル様が寝室の床に落ちているゴミをかき分け、急いでベッドに向かった。

ベッドに視線を向けた私たちは、視界に映った光景に言葉を失う。

「テオ‼　しっかりしろ！」

ジョエル様がテオ君を抱き上げて必死に呼びかけると、彼はうっすらと目を開けた。

「テオ‼」

「……ジョ……エル……様？」

ジョエル様の呼びかけに、テオ君が弱々しく反応する。

「どうしてこんな……っ」

テオ君のあまりの姿に、ソフィア様とマルチナさんが涙を浮かべる。

「……っ」

私も胸が締めつけられて言葉に詰まった。

――テオ君の体は、育ち盛りの子供とは思えないほど、痩せ細っていた。

◇◇◇◇
「テオは⁉　テオは無事なのか⁉」

ずいぶん慌てて走って来たのだろう。

汗だくのカイゼル様が派手な音を立てながら病室に入ってきた。

「カイゼル様……」

ベッドに近づき、眠っているテオ君の顔を見るなり、彼の表情が一変する。

衰弱した様子の彼を見つめて、カイゼル様は呆然と立ちつくしていた。

あれから私たちは急いでテオ君を医務室に連れ帰り、栄養剤の点滴を打っている。

呆然と立っているカイゼル様に、ソフィア様がテオ君を連れ帰るに至った経緯を話した。

多分、テオ君は育児放棄されたのだろう。

「なんでそんな……っ、だってロドルフたちは仲のいい親子で、エミリーさんとテオだって仲良くて……」

「家族なんてね、表に見えている姿がすべてじゃないのよ。とりあえずエミリーさんについては諜報部隊を向かわせたからすぐに見つかるでしょう。本人の言い分次第では、私は彼女を許さないわ」

ソフィア様は静かに怒っていた。

どうしてエミリーさんは亡き夫との子供を置いて出て行ってしまったのだろう。

どんな理由があったとしても、人として許されることではない。

テオ君のいた家は、マルチナさんが奥様たちを集めて掃除をしてくれた。

こんな環境で八歳の子供が一人で住んでいたことに、皆複雑な思いを抱いたらしい。

食糧が一切ないのかと思ったが、少量の果物は置いてあったので、テオ君はそれだけを食べていたのだろう。

テーブルを片づけたらお金とメモが置いてあった。エミリーさんはテオ君にお金だけ渡して食べ物を買うように言いつけていたという。

八歳の子に、どうやって市場で食料を購入して料理しろというのか。

食事処は子供だけでは行けないし、心配して声をかけられても、今の状況を他人になんと説明していいかわからなくて、助けを求めることもできなかったのだろう。不安ながらもなんとか果物だけを買い求めるテオ君を想像したら、涙が出てきた。

エミリーさんたちの家の惨状を見たマルチナさんは、こうなる前に気づいてあげられなかったことをとても悔やんでいた。

『家と仕事を用意して、生活の基盤を整えて助けたつもりになっていたけど、こんなことになるならもっと踏み込んで彼女と話をしていたらよかったのかもしれないわ』

同じく夫を亡くした遺族の一人として、一人で子供を育てる辛さはわかるから、もっと話をすればよかったと奥様方も悔やんでいた。

でも皆、女手ひとつで子供を必死に育てている人たちだ。

余所の家を気にする余裕などないことはわかっている。

それでも何かできたのではないかと、皆が気に病む事件だった――


「カイゼル様。少し休憩したらどうですか？　食事もまだしてませんよね？」

カイゼル様はあれからずっとテオ君の側についている。

心配で仕方ないのだろう。誰が声をかけてもその場を動こうとしない。

彼の背中が小さく見える。

きっとまた彼は自分を責めて傷ついているのだろう。

「カイゼル様。テオ君には私がついていますから、食事してきてください。食べないと明日の訓練で体力が持ちませんよ」

「……アシュリー、なんでテオは……何も悪くないのにこんな目に遭ってるんだろうな」

独り言のように、彼が小さな声で呟く。

「テオはロドルフのことを尊敬して、とても慕っていた。赤ん坊の頃から俺もよく遊んでやってて、ロドルフの武勇伝を聞かせろとよくせがまれたな」

泣きそうな声に、彼の痛みに、胸が締めつけられる。

「父親のロドルフのような騎士になりたいとよく言っていた。だから、大きくなったら辺境騎士団に入って、ロドルフと一緒に辺境を守るんだって……なのに……こんな……っ」

最後に絞り出した声が痛々しくて、彼の背中にそっと手を添え、その震える背中を摩《さす》った。

「貴方のせいじゃない。――そう言っても、貴方はきっと背負い込んでしまうんでしょうね」

最初は怯えを見せていた彼の背中から、次第に力が抜けていく。

「自分を許せないんですよね？」

私がそう問えば、彼はこくんと首を縦に振った。

「なら、許さなくていいんじゃないんですか？」

「え？」

私の返しにカイゼル様は驚いて私を見上げる。

「許せないなら許せるまで悩めばいい。許されたいなら、許しを乞えばいい。貴方の苦しみは貴方にしかわからないから、自分で乗り越えるしかない」

突き放したように取られただろうか？

でも事実だからしょうがない。

カイゼル様の苦しみは、他の人にはどうにもできないのだから。

「私も最近結婚に失敗してボロボロで、すごい惨めな気持ちになって、もう私の人生終わったなって。もう死んでもいいかなくらいに思ってた時期がありました。知ってますよね？」

「……うん」

「私は自分で乗り越えましたよ」

「……そうだね」

「でも私一人じゃ乗り越えるのは無理だったと思います。セイラが私の味方でいてくれたから。辺境の皆さんが私を受け入れてくれて、看護師として必要としてくれたから。――それからカイゼル様が、私をいつも笑わせてくれたから」

辺境に戻ったあの日、カイゼル様が『おかえり』と笑顔で迎えてくれた。

あの時の貴方の温かさを、私は忘れない。

貴方のおかげで、ここが新しい私の居場所だと思えた。

カイゼル様をじっと見つめる。私の言いたいこと、伝わるだろうか？

「貴方にも味方がたくさんいるでしょう？　必要とされてるでしょう？」

「……ああ」

「それを忘れなければ、好きなだけ悩んで苦しんで、気の済むまでウジウジしてればいいです」

「ウジウジしてろって……そこは普通慰めるとかじゃないの？」

カイゼル様が苦笑して表情を崩した。

「カイゼル様は慰めても聞かないでしょう？　聞く耳を持たない人は慰めてあげません。自分で立ち直ってください」

「ははっ、アシュリーはやっぱり厳しいな。俺は叱られてばかりだ」

「でも私も、カイゼル様の味方ですよ。それは覚えておいてくださいね」

「……っ」

それからカイゼル様は、私の視線から逃れるように下を向いて、肩を震わせていた。

テオ君の側から離れる気のない彼のために、私は食事を持って来ることにした。

きっと私に泣くところを見られたくないだろう。そっと背中から手を離して出口に向かう。

テオ君が目覚めて、彼の身に起きたことが明らかになったら、カイゼル様はきっとまた傷ついてしまうのだろう。

それでも、それを受け止めて前に進むしかない。

彼の立場が、背負っている責任が、立ち止まることも逃げ出すことも許さないから。

そんな彼のためにできることは、味方でいることだけ。

「アシュリー、ありがとう……」

病室を出る際、掠れた彼の声が聞こえた。

「はい」

忘れないで。貴方の味方はたくさんいる。

皆が貴方を慕って、必要としている。

それは貴方が自分で努力して築きあげてきた皆との絆だから。

貴方のその誇りを、忘れないで。

◇◇◇◇

翌朝、テオ君が目を覚ました。

まだ意識が朦朧としているのか、ぼんやりと天井を眺めている。

「テオ！」

カイゼル様が身を乗り出してテオ君に呼びかけると、彼の視線がカイゼル様を捉え、驚きに目を見開いた。

「カイゼル様……？」

「テオ……気分はどうだ？　どこか痛いところとかないか？」

「……なんで」

「え？」

「なんでカイゼル様がいるの？　僕が悪い子だから、捕まえにきたの？」

「何を言って……」

「だって母上は、僕が悪い子だから、僕を置いてどっか行っちゃう。お金だけ置いて、いつもどっか行っちゃうんだ。それは僕が悪い子だから、あのおじさんは新しい父上なんかじゃないって怒っちゃったから、だから母上は……うっ、うわあああああん」

「テオ……っ」

カイゼル様はテオ君の頭を優しく撫でて慰めた。

テオ君の悲痛な声に、私まで胸が痛む。

一体どれほど心細かっただろう。

母親のいないあの家で、一人きりで過ごす夜はどれほど怖かっただろう。

怖くて心細くて、きっと食べる気力もなくなってしまったのだろう。

「カイゼル、診察するからそこをどけ」

先生がカイゼル様と場所を変わり、テオ君に優しく話しかける。

「先生……？」

「久しぶりだな、テオ。今お前は俺の仕事場にいる。もう大丈夫だぞ。怖かっただろう。俺がお前を元気にしてやるから安心しろ。診察が終わったら皆で飯を食おうな」

「ううぅ……っ、うわあああああん」

「ほら、診察するからいつまでも泣くな。お前は男だろ」

えぐえぐと嗚咽しながら診察を受けるテオ君を見て、やはりカイゼル様は傷ついたような顔をしていた。

そのあまりにも痛々しい姿に、昨日会ったばかりの私でさえ泣きそうになるのだ。

赤ちゃんの頃から知っているカイゼル様や先生は、なおさら彼の痩せ細った体を見るのは切ないだろう。

テオ君はずっと少量の食事しか取っていなかったため、かなり栄養が偏って栄養失調の状態になっていた。今後しばらくは重湯から始めて、固形物を食べられるようになるまでは引き続き栄養剤の点滴を続ける必要がある。

発見がもう少し遅れていれば、死んでいたかもしれないのだ。

エミリーさんはどう責任を取るつもりなのか。育児放棄は立派な虐待だ。

彼女本人にその自覚はあるのだろうか。

「テオ君、看護師のアシュリーよ。今日からテオ君の担当になったから、元気になるまでよろしくね」

にっこり笑顔で挨拶すると、なぜかテオ君の顔が真っ赤に染まった。

「おやまあ、ライバルの登場だなカイゼル。テオは手強いぞ。盗られないように気をつけろよ」

「は⁉」

「え？」

話を聞いていなかった私が後ろを振り向くと、先生は片手で顔を覆ってなぜか笑っていて、カイゼル様はテオ君同様に赤くなっていた。

「カイゼル様？　どうかしました？」

「な、なんでもないよ！」

明らかに挙動不審なのだけど、話す気がなさそうなのでまたテオ君と向かい合う。

「今日のお昼から少しずつご飯食べられるように頑張りましょうね」

安心して治療を受けてもらえるように、再び笑いかけてテオ君の頭を撫でた。

「お姉さん綺麗……」

「あら、ありがとう。お世辞でも嬉しいわ」

二人でほのぼのしていると、後ろでガタッという音と、先生の吹き出す声が聞こえた。

「……お二人はさっきから何をしているんです？」

「いや、カイゼルがさ――」

「先生は黙っててくれ!!　大丈夫!!　なんでもないよアシュリー!!」

何が大丈夫なのか全然わからないけど、とりあえず教えてくれる気がないことだけはわかったので気にしないことにする。

「そうだテオ、お前の着替えを持ってきたからここの棚に入れておくぞ。自分で着替えられそうか？　無理ならアシュリーに手伝ってもらうといい」

「大丈夫だよ。着替えくらい一人でできる。僕もう八歳だよ」

「そうか」

カイゼル様が笑いかけると、テオ君は眉を寄せて悲しそうな表情になり、その後俯いてしまった。

「テオ？」

「カ……カイゼル様は僕のこと怒ってないの？」

「怒る？　俺が？　なんでだ？」

「だっ、だって僕……っ、カイゼル様に酷いことを言った……っ。父上が死んだ時、ち……父上はカイゼル様を助けて、最期まで騎士として戦ったって。他の騎士さんたちにそう教えてもらったのに、僕はそんなことより父上に死んでほしくなかったと思ってしまって、悲しくて……。それで……それで……酷いこと言っちゃった……っ」

テオ君の大きな瞳から、ポロポロと涙が流れる。

彼もまた、ロドルフ様の死からずっと苦しんでいたのだとわかった。

「お、怒ってるから、僕に会いに来なくなったんでしょう？　僕が酷いこと言う悪い子になったから……っ」

「テオ……っ」

震えて泣く小さな細い体を、カイゼル様の大きな体が優しく包み込んだ。

「ゴメンなテオ。お前は悪い子じゃない。お前は何も悪くない。俺が弱虫だったからお前に会いに行けなかっただけだ。お前にまた怒られると思って怖くて……ゴメンな弱虫で。だからお前はもう気にするな。俺が悪いんだ」

「ううう っ、うあああっ」

テオ君はカイゼル様にしがみついてしばらく泣いた後、疲れてしまったのか、そのまま寝てしまった。

「……話ができてよかったですね」

テオ君の頭を撫でながら、カイゼル様はずっと何かを思い詰めているようだった。

「──俺は……ホントダメな奴だな。父親を奪った俺には会いたくないだろうと思ってテオと距離を置いていたけど、それがテオを傷つけてたなんて、とんだお笑い草だ。──いや違うな。テオのことを思っての行動っていうのは建前で、結局は、ただ俺が怖くて逃げてただけだな……」

「カイゼル様……」

「こんな小さな体で、大人たちの都合に振り回されて傷ついて……。俺はこれからどうやって償っ

ていけばいいんだろうな……」

「それは直接本人に聞けばいいんですよ。テオ君の思ってることはテオ君にしかわかりません。だから何を望んでいるのか、直接聞けばいいじゃないですか。きっとテオ君、ちゃんと答えてくれますよ」

「――そうだな。今度こそ逃げずにテオと向き合うことにするよ」

そう言ってカイゼル様はテオ君の手を握り、決意を込めた強い瞳でテオ君を見つめた。

「今度こそ、守るよ。テオ」


その数日後、騎士団の諜報部隊により、エミリーさんが発見された。

◇◇◇◇

テオ君の部屋から離れた病室に、カイゼル様とソフィア様、そして私と先生が集まり、ベッドで眠り続けるエミリーさんを見ていた。

「同棲している男に暴力を振るわれたみたいで、ウチの諜報部隊が見つけた時には、腕を骨折して部屋の中で倒れていたの。お金がなくて治療に行けなかったみたいで、患部が腫れて高熱を出して、気を失っていたわ」

救助されたエミリーさんの身体には、日常的に暴力を受けていたことがわかる痕がいくつも散らばっていた。

「なんでこんなことに……」

痛々しいエミリーさんの姿に、思わずそう呟いてしまった。

テオ君の話を聞いて、エミリーさんが男の人と暮らすために家を出たことは容易に想像がついた。

でも選んだ男がこんな酷い暴力を振るう男なら、すぐに騎士団に逃げこんでテオ君のところに戻ればよかったのに。

なんでこんな体になるまでその男と一緒にいたのか。

そこまでされても離れられないほど好きだったのだろうか。

「諜報部隊の調べによると、相手の男はエミリーさんが以前働いていた商会の取引先の息子で、男爵家の次男よ。一年くらい付き合って再婚も考えたらしいけど、テオ君に拒否されたみたいで、それから彼女はテオ君の住む家と彼の家とを行き来する、二重生活を送っていたみたいなの」

王都近くの街から辺境まで丸一日はかかる。そんな遠距離を頻繁に行き来できるわけがない。

となると、やはりエミリーさんはほとんどテオ君の元に帰って来なかったのではないか。

だからあの家が荒れ放題となっていたのだろう。

「エミリーさんは、そんなにその男のことが好きだったのか？」

私も疑問に思っていたことをカイゼル様が口にした。

「どうかしらね？　まだすべての報告が上がって来てないからなんとも言えないけど、見た感じ、離れたくても離れられない状況に置かれてたんじゃないかしら」

「その男はどうしてるんだ？　当然捕まえたんだよな？　婦女暴行罪だぞ！」

先生も相手の男が許せないようで、苛立っている。

「ええ。既に捕らえて第二騎士団に引き取られたわ。取り調べが終わり次第こっちに情報が回ることになってる。男爵家にも騎士団から通達が行ったけど、次男は除籍済みだから保釈金は払わないって。元々この次男は放蕩息子で、顔が良いのをいいことに結婚詐欺まがいのことを繰り返していたらしいの。それで親も手を焼いてて、除籍と共に追放という形で別荘の一部を分け与え、縁を切ったのが真相らしいわよ。だからそのまま牢屋行きね」

「つまりエミリーはその男にそそのかされてテオを捨て、金を搾取され続けてたってことか？」

「まあ、はっきり言えばそういうことになるわね」

あまりにもお粗末な真相に全員がため息をついた。

「エミリーさんは、どうして誰にも何も言わずにテオ君を置いて行ってしまったのでしょうか……。マルチナさんたちには私も最近お会いしたばかりですけど、とても気さくで親切な方たちだったので、力になってくれてたと思うんですけどね……」

「……それは本人に聞いたほうがよさそうね」

「え？」

ソフィア様の言葉でエミリーさんに視線を向けると、青白い顔をして目を開けているエミリーさんがいた。

先生が診察し、エミリーさんが落ち着いたところで、ソフィア様が話を再開する。

「おはよう、エミリーさん。気分はどう？」

「辺境伯夫人……どうして私……」

「ウチの騎士たちが貴女を探し出して保護したのよ。理由はわかるわね？　貴女がテオ君を捨てて男と逃げたからよ」

「す、捨ててなんかいません！　ちゃんと生活できるように生活費と家賃を払って――」

「貴女馬鹿なの？　八歳の子供が一人で生活できると思ってるの？　貴女は子供の頃一人で暮らしてたの？」

「私……私は……っ」

「あの子はね、私たちが見つけてなかったら死んでいてもおかしくなかったのよ⁉　貴女がどんなに言い訳してもこれは育児放棄で虐待なの。立派な犯罪なのよ！　貴女はそれを理解しているの⁉」

そう、この国では子供の虐待は罪に問われる。

テオ君が騎士団に救出され、治療を受けている時点でエミリーさんの罪は確定してしまっているのだ。

「育児放棄⁉　私、そんなつもりないです！　それよりテオは⁉　テオは無事なんですか？」

「かろうじて無事だ。もう少し発見が遅けりゃ餓死で死体になってただろうな」

先生が冷たい表情でエミリーさんを見下ろし、そう伝える。

「そんな……っ」

部屋の中に、なんとも言えない空気が流れる。

エミリーさんは事の重大さを理解していないように見えた。

彼女の起こした行動でテオ君がどうなるかなんて、誰もが簡単に想像できるのに、それを平気でやってのけた張本人が、なぜ被害者のような顔ができるのだろう。

「エミリーさん、なぜですか？」

カイゼル様が無表情でエミリーさんに問う。

「なぜ、ロドルフが大事に思っていた一人息子を置いて、男についていくことができたんですか？」

それは、エミリーさんにとっては容赦のない責めだった。

カイゼル様の問いに、今まで悲痛な表情を浮かべていた顔が憤怒の表情に変わる。

「貴方にそんなこと言われたくない!!　元はといえば貴方のせいじゃない!!　貴方が私からロドルフを奪ったからこうなったんじゃないの!!　返して!!　私にロドルフを返してよぉ!!」

「甘ったれたこと言ってんじゃないわよ!!　辺境騎士の妻なら、覚悟のうえで一緒になったんでしょ!!」

自分のしたことを棚に上げてカイゼル様を責めるエミリーさんに、ソフィア様の怒りが頂点に達する。

「夫が生きてる貴女に私の気持ちなんてわかるわけない!!」

「私たちにもわからないわ」

突然声が聞こえて後ろを振り返ると、マルチナさんたちが病室に入ってきた。

どうやらエミリーさんの着替えを持ってきてくれたらしい。

マルチナさんたちは冷めた表情でエミリーさんを見下ろす。

「私たちも貴女と同じように愛する夫を亡くしたけど、貴女の気持ちはわからない。愛する夫との間に生まれた宝物を……夫が残してくれた生きがいを、簡単に置き去りにできる貴女の気持ちなんてこれっぽっちも理解はできないわ」

「それはマルチナさんが貴族だからよっ」

「あら、私たちは貴女と同じ平民だけど、やっぱり貴女の気持ちはわからないわ」

マルチナさんの後ろにいた奥様たちも、マルチナさんに賛同した。

「……っ」

何も言えなくなったエミリーさんは悔し気に唇を噛みしめる。

「貴女はこんなことして、一体何がしたかったの？」

マルチナさんが悲しそうに尋ねると、エミリーさんは目に涙を浮かべ、悔しそうに彼女を睨み返した。

「私はただ……っ、幸せになりたかっただけよ‼　なんでいつも私ばっかりこんな目に遭うの‼　なんでいつも誰かに邪魔されるの‼　私にだって幸せになる権利があるでしょう‼」

病室の中に彼女の慟哭が響いた。

◇◇◇◇

ケガの治療が終わったエミリーさんは、虐待の罪で修道院に入れられた。罪人といえども殺人などではないから、テオ君が望めば面会は可能だし、罪を償い終わったらまた平民として暮らせるらしい。

そこで問題になったのは、テオ君に真実を告げるかどうかということ。

まだ母親を求める年齢のテオ君に、母親が罪人になったという事実を伝えるのは、さすがに酷なような気がして憚られた。

でも、皆で何度も話し合った結果、やはり真実を伝えよう、と決まった。

どのみち今は母親と暮らすことは叶わない。その理由を問われた時に嘘をついて適当な理由をでっちあげるよりは、本当のことを話したほうがいいということになった。

八歳なら物事の善悪の区別もついているし、幼いながらも騎士を目指していた子だ。現実を理解する力はあるだろう――と、伝えることにした。

そのうえで、私たちでテオ君のケアをしていくことで話がまとまった。

あの後、第二騎士団から詳細な情報が入り、例の男はエミリーさん以外の女性も暴力で脅してお金を貢がせていたらしく、悪質だとして刑務所に収容された。

実家に縁を切られたことで資金源を失い、女性たちから搾取して生活していたそうだ。

エミリーさんに対しても、お金を出さないとテオ君に危害を加えると脅していたらしい。

それならば、彼女はテオ君を守るためにあの男の側にいたのではないか？　と言ったら、ソフィア様は首を横に振った。

彼女がこんなことをしでかした理由は、子供のためなんかじゃなく、ものすごく自分勝手なものだった。

一言で言えば、母親になりきれなかった人――

彼女の実家は貧しい平民の家で、子だくさんだった。

長女の彼女は働いている両親に代わり、幼い弟妹たちの面倒を見て、自分もまだ子供なのにもかかわらず、毎日育児で働き詰めだったのだとか。

自分勝手な弟妹たちのことが大嫌いで、育てる余裕もないのに無責任に子供を作る両親も大嫌いで、ずっと実家から解放されるのを望んでいた。

そしてある日、事件が起こった。

エミリーさんが住む村を魔物が襲い、村が半壊したのだ。

エミリーさんの家族も全員犠牲になり、エミリーさん自身も魔物に襲われそうになった時、間一髪のところでロドルフ様に救われ、彼と出会った。

そして二人は引き寄せられるように惹かれ合い、恋人になり、夫婦となったのだ。

辺境の騎士たちは、功績を上げれば騎士爵や男爵の位を賜ることがよくある。

ただそれは一代限りなので、爵位持ちであり続けるには継続的に武功を立てなければならない。

ロドルフ様は男爵の爵位を持っていたため、平民だったエミリーさんは男爵夫人になった。

貴族の一員となったエミリーさんは幼い弟妹たちに縛られない自由な生活が幸せだったらしい。

でもその生活は長くは続かなかった。

テオ君を身籠もったからだ。

テオ君が生まれた後は、またあの育児生活が戻ってきた。

乳母を雇っていたので実家の時より楽なはずだった。それでも、愛するロドルフ様の関心がテオ君に行くことが我慢ならなかったらしい。

「ロドルフには、ずっと私だけを見て、私だけを愛してほしかった。なのに私を置いて死んでしまうなんて……っ」

涙を流しながらそう呟いていたエミリーさんの気持ちは、誰にも理解できなかった。

男爵家次男との再婚を考えたのは、貴族の彼と結婚したら、また男爵夫人の時のような暮らしに戻れると思ったからだという。

彼は除籍されて平民だった事実を伝えると、驚いた顔をした後に表情を歪めて「最悪……」と呟き、そのまま黙り込んでしまったと聞いた。

何度聞いても、多分私には理解できない。貴族になるために子供を捨てるなんて。

彼女からは親としての責任感をまったく感じなかった。

感じたのは、常に自分は被害者であると信じて疑っていないこと。

子供が嫌いなら、なぜ産んだのか。

先ほどテオ君の容態を気にして悲痛な声を上げていたのはなんだったのか。

ソフィア様もマルチナさんたちも、やはり彼女の思考は理解できないと言っていた。

ただ――

「子供を産んだからって、皆が母親になれるとは限らないのよね。彼女は生い立ちが原因なのか、自分が愛されて守られることに執着している。我が子でさえ、夫の愛情を奪い取る敵に見えていたのかもしれないわね。……バカよね。彼女が欲しかった愛はテオドルからずっともらっていたのに」

そう、やり切れない表情でソフィア様が語っていた。

皆が何かしらわだかまりを抱えたまま、一連の騒動は幕を閉じた。


結局、テオ君にとっては辛い結果となってしまった。

カイゼル様はずっと苦しそうな表情をしている。

ロドルフ様の死がきっかけで、テオ君は母親まで失ってしまった。

「あんなに、想い合っていた夫婦だったのに、なんで――」

カイゼル様が力なく呟いた。

結婚前から二人を見てきたカイゼル様には、この結末がどうにも信じ難いらしい。

「よき妻が、よき母になるとは限らないってことだろ」

カイゼル様の問いに、先生が力なく答えた。

テオ君は本当にロドルフ様を慕っていて、誰が見てもお父さんっ子だったらしい。

誰が自分を愛して庇護してくれるのか、本能的に感じ取っていたのではないかと思ってしまう。


それから二週間後、容態が安定してきたテオ君に、ソフィア様と先生がエミリーさんのことを話した。俯いて話を聞いているテオ君の手は、色が白くなるほど固く握られていた。

「――わかりました」

と力なく答えたテオ君は、先生たちが部屋を出た後も俯いたままだった。

なんとなく彼を一人にできなくて、カイゼル様と二人でテオ君に付き添っていると、不意に悲痛な声が聞こえてきた。

「……母上が捕まったのは僕のせいだ……。やっぱり、僕があのおじさんを、新しい父上にすることを嫌がったから、だからこんなことに……」

「違うわ。テオ君は何も悪くない。だから自分を責めないで。テオ君じゃなくて、エミリーさんが怒られることをしちゃったの。だから、ちゃんと反省しなきゃいけないのよ。テオ君も悪いことをして叱られたことあるでしょう？」

私はテオ君の手を握り、慎重に言葉を選んで、彼の心の叫びに応えていく。

「――うん。父上にゲンコツされた」

「そうでしょう？　悪いことをしたら叱られる。エミリーさんも一緒なの。だから今は許してもらうために、ここよりちょっと遠い場所で反省しなきゃいけないのよ」

「……わかった。僕、また一人で頑張るよ」

「テオは一人じゃないぞ。騎士団の皆がついてる」

「え？」

「テオはロドルフのような騎士になるんだろ？　だったら早く元気になってたくさん稽古しないと強い男になれないぞ。ロドルフは騎士団の中で二番目に強い男だったからな。サボったりしたら追いつかないぞ」

「父上が二番目？　じゃあ一番は誰？」

「それはもちろん、俺だな。なんたってもうすぐ団長になる男だからな」

「ええ！　僕は父上のほうが強くて顔もカッコいいと思う」

「……言ってくれるじゃないか」

和やかな空気に、私も思わず顔がほころんだ。

「でも確かに、テオの言う通りだな。ロドルフは最高にカッコいい男だった。魔物から俺を守って悪い奴をやっつけてくれたからな。最期までヒーローだったよ」

カイゼル様がロドルフ様の最期の雄姿をテオ君に伝えると「ほら、やっぱり父上が一番カッコいい」と、彼は涙を浮かべて笑った。

◇◇◇◇

あれからテオ君は順調に食事量を増やし、一ヶ月が経つ頃には普通の量の食事を摂れるまでに回復した。

退院後、また一人で暮らしていた家に戻すわけにはいかないので、テオ君はケガで引退した元騎士の方に弟子入りする形で、里親として面倒を見てもらうことになった。

騎士になってもいいし、他の仕事をしてもいいし、選択肢はテオ君にあることを話したが、騎士になりたいという気持ちが固かったので、このまま里親に弟子入りして、騎士団で騎士としての鍛錬を積む予定になっている。

里親とも赤ちゃんの時から知り合いだったらしく、気心が知れていることもあり、うまくいっているようだ。事情を知っている騎士団の皆も、何かとテオ君を気にかけてくれているおかげか、だんだんとテオ君の笑顔が増えてきた。

ロドルフ様の遺した愛息子を心配する気持ちは、皆同じみたい。

「元気になってよかったですね、テオ君。今じゃ早く剣を握りたくて、退院が待ちきれないみたい」

「そうだな。今は皆にロドルフの武勇伝を聞いて回っているよ。少しでも、父親のことに触れていたいんだろうな」

カイゼル様のその表情は切ないけれど、以前のような悲痛な感じは受けなかった。

いろいろ思うところがあったのだろう。

幼いながらも前に進むテオ君の姿を見て、何か吹っ切れたような、そんな印象を受けた。

「カイゼル様も、もう泣かなくて済みそうですか？」

「あの時のことは忘れてくれ……恥ずかしくて穴があったら入りたいよ」

「ふふっ。いいじゃないですか別に。次期騎士団長だって人間なんだから、涙の一つや二つ流してもおかしくないでしょ。貴方が弱音を吐いたって誰もバカにしたりしませんよ」

「そうかな。母上と兄上は『甘えんな』とか『キモイ』とか言って手刀を食らわせてきそうだけど」

「それは……、そうですね。ふふふっ」

その様子が簡単に目に浮かぶので、私は思わず吹き出してしまった。

「アシュリーは？」

「え？」

急に名前を呼ばれて彼の顔を見上げると、真剣な顔でこちらを見ているカイゼル様がいた。

「アシュリーは、俺が弱音吐いても幻滅しない？」

そう言うと、彼は不安そうに私を見つめる。

こういう時の彼はなぜかしょんぼりした子犬っぽいのよね……

だから周りの皆も放っておけなくて世話を焼いてしまうんだろうなぁ。

「幻滅なんてしませんよ」

「……っ、ホントに？」

「はい。だってあの時言ったじゃないですか。私はカイゼル様の味方ですよって。だから私の前では弱音吐いてもいいし、大泣きしたって構いませんよ」

私が笑顔でそう返すと、彼は真っ赤に染まった顔を手で隠した。

「あ、ありがとう」

と盛大に照れて、いそいそとテオ君たちのところへ向かう。

その後ろ姿には、ブンブンと左右に揺れる犬の尻尾が見えた気がして、なんだか微笑ましくて笑ってしまった。


「アシュリー様！」

「テオ君、こんにちは」

洗濯した病衣やシーツを庭に干していると、テオ君に声をかけられた。

テオ君は、健康的な生活を送っているおかげか、痩せていた体も適正体重に戻り、顔つきもみるみるうちに逞しくなってきた。

「シーツ干してるの？　僕も手伝うよ！」

「ありがとう。稽古はもう終わったの？」

「うん！　終わったよ。今日も剣の素振りと走り込みだった。早くかっこいいワザとか教えてもらいたいなぁ～」

二人でシーツのシワを伸ばしながら物干し竿に干していく。

「そんなに焦らなくても大丈夫よ。テオ君はロドルフ様の子だもの。きっと立派な騎士になれるわ。私も応援してるから頑張ってね」

視線の高さを合わせて頭を撫でると、テオ君が照れたように笑う。

「えへへ、ありがとう！　アシュリー様大好き！」

テオ君が笑顔で私に抱きつき、それを受け止める。可愛い。

最近は、時々こうして甘えてくれるようになった。

以前と比べれば、とても良い兆候だと思う。

本当ならとても心細いだろうに、その不安をあまり表に出さないテオ君が少し心配だった。

あの散らかった部屋で、ひたすら母親の帰りを待っていた子だ。元々我慢強い子なのだろう。

でも私には、良い子でいようと無理をしているように見えた。

八歳の子供が一切わがままを言わず、大人に気を使って本音を言えないなんて、とても切ない。

もっと子供らしく、大人に甘えてもいいいと思う。

「私も貴方が大好きよ」

テオ君の頭を撫でながらそう言うと、背後で水を噴き出す音がした。

「ごほっ……ごほっ、ごほっ」

後ろを振り返ると、盛大にむせているカイゼル様がいた。

どうやら水筒の水が気管に入ってしまったらしい。

「あれ～？　カイゼル様？」

テオ君が私の腰に抱きついたまま、ひょっこり顔だけ出して背後のカイゼル様に声をかける。

「……あ？　あれ？　テオ？　な、なんだ、相手はテオだったのか、マジで焦った……、どこの馬骨野郎かと思ったぜ……」

「カイゼル様？　なにブツブツ言ってるの？　聞こえない」

「な、なんでもない！　それより、テオはアシュリーに抱きついてどうしたんだ？　うらやまし……じゃなくて、何か稽古で辛いことでもあったのか？　そういう時は遠慮なく俺を頼ってくれていいんだぞ。ほらっ」

そう言ってカイゼル様は両手を広げ、受け入れる体勢を取った。

「え～、僕、ギュってするならアシュリー様のほうがいい」

「なに!?」

カイゼル様が、ガーンと効果音が聞こえてきそうな顔でショックを受けている。

「だってアシュリー様、いい匂いするし、優しいから好き」

「いい匂い!?　好き!?　――ぐぬぬっ、俺だってまだそこまで近づいたことないのに……」

「カイゼル様？　あの、さっきから何をおっしゃっているんですか……？」

「な、なんでもないよアシュリー。そういえばこれ、干すのまだ終わってないんだろ？　俺も手伝うよ。三人でやればすぐ終わる」

「え？　でもまだ訓練の時間じゃ……」

「手伝う時間くらいはあるよ」

「僕も手伝う！」

「よし、テオ。シーツのそっち側の端を持て。パタパタ動かしてシワを伸ばすぞ」

「はーい」

二人は息の合ったやり取りで次々にシーツを干していく。

彼らが仲直りしたばかりの頃は、カイゼル様のほうがテオ君に対して遠慮があったけど、今の二人の距離感はとても自然に見える。ロドルフ様が生きていた頃も、こうして仲良く遊んでいたのだろう。

「二人とも、ありがとうございます」

私がお礼を言うと、二人で顔を見合わせ、嬉しそうな笑みをこちらに向けてくれた。

二人の姿はまるで兄弟や親子のようで、良好な関係を築けているようで安心した。

少しずつ、良い方向に進んでいる。

誰もがそう思っていた。

しばらくして、テオ君が姿を消すまでは――

◇◇◇◇

仕事が終わってそろそろ帰ろうとしていた時、突然医務室のドアが勢いよく開いた。

「おいカイゼル、扉は静かに開けろ！　びっくりするだろうが」

「先生！　アシュリー！　テオがこっちに来てないか⁉」

「テオ？　俺は今日は見ていないが……」

「私のところにも来てませんよ」

「ここにも来ていないのか……っ」

カイゼル様の表情に、何か大変なことが起きていると察する。

「何かあったんですか？」

「テオがどこにもいないんだ」

「え⁉　テオ君、まだ家に戻っていないんですか⁉」

「ああ。稽古の後、里親との待ち合わせ場所に来なかったらしいんだ。だから今、騎士団の皆で探しているところで――」

「カイゼル！　テオ君見つかったわよ！」

「母上！」

ソフィア様も一緒に探していたのか、汗をにじませ、髪も少し乱れていた。

「ソフィア様、テオ君は今どこに⁉」

「今、マルチナさんから連絡をもらったの。テオ君は以前住んでた家にいるみたい」

「は？　一人であの家まで行ったのか⁉」

「ええ。そうみたいね」

「なんでそんなこと――」

「わからない。とりあえず今すぐ二人で迎えに行ってあげてくれないかしら？」

「わ、わかりました！」


急いでカイゼル様と共に馬車に乗り、以前エミリーさんとテオ君が住んでいた家に向かう。

外は既に日が落ちていて、外灯の明かりが道を照らしていた。

「騎士団の屯所からあの家まで結構距離があるのに、テオ君はよく一人で辿り着けましたね」

「退院してからテオの荷物を取りに、騎士団からあの家まで何度か往復したんだ。それで道を覚えていたんだろう」

カイゼル様は俯いて顔半分を手で覆い、何かを思い悩んでいる。

「カイゼル様は今回のテオ君の行動に、何か心当たりがあるんですか？」

「……あの家、今はもう無人になったから、他の人に貸し出すことになったんだよ。俺が先週、そのことを伝えたんだ」

「自分の家が、なくなると思ったんでしょうか」

「わからない……。来月からあの家に他の人が住むことになったと話した時は、テオは特に気にする素振りはなかった。だから今回のことは全然予測できなかったよ。何も言ってくれなかったってことは、俺はテオに信頼されてないってことなんだろうな……」

ため息をついて項垂《うなだ》れているカイゼル様は、かなりショックを受けているようだった。

「それを言うなら私も一緒です。テオ君が大人に気を使って良い子でいようとしていることに気づいていたのに、ケアが全然足りていなかったんだと思います。まだ幼いテオ君の寂しさに、もっと寄り添うべきでした」

「テオの……寂しさ」

「今からでも間に合うと思うので、テオ君に会ったら皆でたくさん甘やかしてあげましょう」

私の提案に目を見開くと、カイゼル様はフッと顔をほころばせた。

「そうだな。まだ全然挽回できるよな」


家に着くと、馬車の音で気づいたのか、扉を開けてマルチナさんが出てきた。

「カイゼル様、アシュリー様」

「こんばんは、マルチナさん、テオ君は今どうしてますか？」

「ええ。中で休んでます。どうぞお入りください」

マルチナさんの案内で、テオ君のいる部屋に連れてってもらう。

そこは以前、私たちがテオ君を見つけた寝室だった。手入れされた家はすっかり綺麗になって生活感はなくなり、次の入居者を待っている状態だったのだろう。

寝室にあるベッドの上で、テオ君は体を丸めてすやすやと寝息を立てていた。

「テオ……」

カイゼル様と共にテオ君に近づくと、目元が赤くなり、目尻に涙が溜まっているのに気づいた。

「一人で……ここで泣いていたのか？」

テオ君の頭を優しく撫でながら、カイゼル様は苦しそうに呟いた。

「今日は立て付けの悪い窓の修理をするために来たんですけど、私が業者さんと中に入った時にはもうこのベッドで寝ていたんです。玄関は鍵が締まっているので、その窓から入ってきたんでしょうね。見つけた時には本当にびっくりしましたよ」

「マルチナさん、知らせてくれてありがとうございました」

「いいえ。私たちもテオ君のことは気になってましたから。以前見かけた時よりふっくらして、元気そうで安心しました」

もう夕食時なので、私たちは挨拶もそこそこに、テオ君を連れて騎士団に戻ることにした。

ぐっすり眠っているテオ君をカイゼル様が抱き起こそうとした時、彼の手に虹色に輝く銀細工のブローチが握られていることに気づく。

カイゼル様はそれを見て目を見張った。

「これ……」

「ああ――そのブローチ、私が来た時にはもう握ってました。エミリーさんの私物は全部修道院に送ったと思ってたんですけど、どこかでテオ君が見つけたんでしょうね」

マルチナさんが来た時には、備え付けの収納家具が所々開いていたらしい。

テオ君の泣き腫らした姿を見て、もしかしたらエミリーさんが恋しくて、私物が残っていないか探していたのでは――と思ったのだそうだ。

悲痛な面持ちでそのブローチを眺めているカイゼル様が気になり、彼に尋ねた。

「カイゼル様はこのブローチに見覚えあるんですか？」

「――ああ。ロドルフが魔物討伐の褒賞で得た魔石で作ったものだ。妻への結婚記念日にプレゼントするって……嬉しそうに話すのを聞いた」

「そうですか……。じゃあ、テオ君にとっては両親の思い出の品なんですね」

私の言葉にカイゼル様はハッとして目を見開いた後、くしゃりと悲しそうに表情を崩した。

そしてマルチナさんをまっすぐに見て、一つの頼み事をする。

「マルチナさん、すまないがこのブローチはテオに渡してやってくれないか？」

「元より私のではありませんもの。テオ君がそんなに大切そうに握っているブローチを取り上げるなんて、私にはとてもできませんわ。エミリーさんに何か言われたら知らんぷりしときます」

「ありがとう。――じゃあ帰ろうか、アシュリー」

「はい」

カイゼル様が抱き上げても、テオ君が起きる様子はなかった。

きっと、もうずっと前から気を張っていて疲れていたのだろう。そこに自分たちの家が他の人の手に渡ると聞いて、母親を感じられる場所が恋しくなったのかもしれない。

馬車に揺られながら私の膝で眠るテオ君の頭を撫でる。

「あんなことをした母親でも……テオにとっては、唯一の母親なんだよな」

「そうですね……。テオ君が辛いだろうと思ってエミリーさんの話題はあえて避けていましたけど、本当は、誰かに聞いてもらいたかったのかもしれませんね。テオ君にとっては、大好きな両親だったから」

「――そうだな」

馬車に揺られながら、テオ君の寂しさと悲しみを思うと、胸が詰まって苦しくなった。

大人から見れば酷い母親に見えても、テオ君にとっては違うのだろう。

母の痕跡がなくなってしまったあの部屋で、彼はどんなことを思ったのだろうか――


騎士団に到着して馬車を降りると、カイゼル様はテオ君をおぶって歩き出す。

すると、歩き出してすぐに揺れに気づいたのか、テオ君が目覚めた。

「あれ……？　アシュリー様？」

「おはよう、テオ君」

「あれ？　なんで僕……え？　カイゼル様？」

「テオ、心配したんだぞ」

「――ごめんなさい」

歩けると言うテオ君に、すぐ着くからこのままでいいとカイゼル様が答える。するとテオ君はおずおずと手を伸ばして、カイゼル様の肩に掴まった。

その時、自分の手の中にあった物がないことに気づき、顔色を変える。

「あ……ブローチ！　ブローチがない！」

「大丈夫よテオ君。私が持ってる。はい、どうぞ」

「あ……あ……」

「マルチナさんがね、そのブローチはテオ君が持っていてくれって。大事なものなんでしょう？」

「――これ、引き出しの奥に……引っかかってた。もう……これしかなかった」

ポロポロと涙をこぼし、テオ君はブローチを握りしめたまま、カイゼル様の背中で泣き顔を隠した。

「テオ、お前はまだ子供だ。寂しいなら寂しい、悲しいなら悲しいと、ありのまま吐き出していいんだぞ。お前は良い子にしすぎだし、我慢しすぎだ」

カイゼル様が歩きながら、優しい声で諭すようにテオ君に語りかける。

「子供のお前が多少わがまま言ったって、誰もそれを咎《とが》めたりなんかしない。まあ、悪さをした場合はゲンコツ食らわせてやるが、それでお前を嫌ったり、置き去りにしたりはしないよ」

「……ぅうっ、……ふぅっ」

テオ君が一番恐れていることは、それなのかもしれない。カイゼル様の肩を震える手でぎゅっと握る彼の手が、「置いていかないで」「一人にしないで」と訴えているような気がした。

大好きな人に置いて行かれる、背中を向けられることは、大人の私でも耐えがたいほど辛かった。なのに、テオ君はこんな小さな体でその痛みに必死に耐えていたのだと思うと、やりきれない思いだった。

「でもな、俺はちょっと嬉しくもあるんだ。お前のその我慢強さは、いずれ騎士になったお前の最大の強みになるだろう。お前の父親であるロドルフも我慢強く、心も体も強い優秀な騎士だった。だからお前の中にロドルフが生きてるんだなと思って、嬉しくなったよ」

「……父上が、僕の中で……生きてる？」

「そうだぞ。お前はまだ八歳なのに我慢強く、一人で騎士団を抜け出して遠くの家に向かう勇敢さもある。それはお前がロドルフから受け継いだ騎士の素質だ。お前はきっとすごい騎士になるよ。俺が保証する」

「うぅ～……っ、父上……母上……っ」

両親を恋しがって泣くテオ君を、誰が責められるのだろう。

私たちにできることは、彼の悲しみを受け止めること。こうして頭を撫で、彼を抱きしめ、テオ君の居場所はちゃんとここにあるのだと、根気強く伝えていくことだけだ。

屯所前にはテオ君を探していた里親や騎士たち、ソフィア様やジョエル様もいて、皆テオ君の姿を見るなり、思い思いに安堵や喜びをあらわにした。

テオ君はそんな皆の姿に驚き、自分のしたことの影響を目の当たりにしていたたまれなくなったのか、先ほどよりも大きな声をあげて泣いた。そして皆に謝罪を繰り返し、両親が恋しくなってした行動だと正直に話した。

それを聞いて皆は涙ぐみ、ソフィア様がテオ君を抱きしめた。

その光景を眺めながら、隣にいるカイゼル様を見上げる。

今回の件は、彼のトラウマを再び抉ってしまったのではないかと心配したけど、彼の表情はとても穏やかで、柔らかい笑みを浮かべていた。

「ふふっ」

「ん？　どうした？」

「いえ、さっきのお話、なんかじーんときました。カイゼル様はいいお父さんになりそうですね」

「え!?」

彼が私の言葉にボッと火が点いたように顔を赤くする。

「そ、それを言うなら、アシュリーの方がいい母親になりそうだよ。初めて会った時からテオがあんなに懐いてるし」

「――私は……私はたぶん、そんな機会はもうないですよ。傷物令嬢ですし」

もし私に次があるとしたら、年寄りの後妻になる話しかこないだろう。

「そんなことはない！　アシュリーはイイ女なんだから、周りが放っておくわけない」

「へ？」

「あ……、いや、でも、俺は本当にそう思ってるし、笑顔も可愛いと思うし――あ!?　いやっ、だ、だから俺が何を言いたいのかというと、アシュリーはもっと自分に自信を持っていいと思うってことを言いたくてだな……あ～、なんかめちゃくちゃ恥ずいな……何言ってんだ俺」

首や耳まで真っ赤に染めて慌てながら話すカイゼル様に、私までつられて赤くなってしまう。

心なしか心拍数も上がり、慣れない空気にそわそわしていると、解散を促す声が聞こえた。

「カイゼル様！　アシュリー様！　今日は迎えにきてくれてありがとう。僕もう帰るね」

「ああ、気をつけて帰れよ」

「また明日ね。寝る前にちゃんと目元を冷やすのよ？」

テオ君の頭を撫でながら言うと、嬉しそうに破顔して私の腰に抱きつく。

「ああっ、また！　こらテオ！　男がみだりに異性に抱きついてはいけないんだぞ！　離れなさい」

「やだ。だって僕アシュリー様のこと大好きだもん。大人になったらアシュリー様と結婚する！」

「なんだって⁉」

「え？」

「早く大人になるから、そしたら僕のお嫁さんになってね」

「まあテオったら！　皆の前で堂々とプロポーズなんて男前ね！　ウジウジしてるだけのどっかの誰かとは大違いだわ」

「母上！」

まだ熱の冷めない頬と浮き足立つ気持ちを持て余しながら、私もテオ君も自然に声をあげて笑っていた。今のこの笑顔は、きっとテオ君の本当の笑顔だと思う。

子供らしい、無邪気な可愛い笑顔だった。それを見て皆が嬉しそうに目を細める。

ロドルフ様の遺した愛息子を心配する気持ちは、皆同じなのだろう。

これでもう、カイゼル様が悪夢に魘《うな》される事はなくなるだろうか。

穏やかに眠れる日が、訪れるだろうか——

テオ君と笑い合うカイゼル様を眺めながら、そうなってほしいと切に願った。

第五章

今日は新しい辺境伯と騎士団長の就任を祝うパーティが開かれる。嫡男のセシル様が正式に辺境伯の爵位を継ぎ、カイゼル様が辺境騎士団の団長に就任したのだ。

久しぶりに袖を通す夜会ドレスに窮屈さを覚えた。

「あらまあ！　アシュリーさん、とっても綺麗ね！」

「ソフィア様、ありがとうございます。お褒めいただき光栄です。ソフィア様もまるで女神のようにお美しいです」

前辺境伯夫人ことソフィア様も、今日は豪華なドレスに身を包んで美しさが際立っている。

夫のルードヴィヒ様の髪色である黒をベースにしたドレスは、彼の金色の瞳を模した豪華な金の刺繍が胸元を飾り、艶やかなマーメイドラインが圧倒的なスタイルのよさを引き立てている。

とても成人した三人の息子がいるようには見えない。

私は無難に、自分の髪色である金色をベースにしたドレスを仕上げてもらった。

最初は手持ちのドレスを着ようかと思っていたのだけど、ソフィア様の有無を言わせぬお誘いで、一緒にオーダーメイドのドレスを作らされた。

色を選ぶ際にソフィア様がしきりに黒と紫をゴリ押ししてきたけど、それはなんとか断って自分の色で作ってもらったのだ。

だって、黒と紫はカイゼル様の色だもの……

彼はルードヴィヒ様の黒髪に、ソフィア様のアメジストの瞳を受け継いでいる。

なぜソフィア様が私に彼の色のドレスを作らせようとしたのかというと……

「アシュリー、準備はできた？」

今回の私のエスコート役が、なぜか主役のカイゼル様なのだ。


カイゼル様は、部屋に入って私の姿を見るなり、目を見開いたまま固まった。

そんな私も、初めて正装の騎士服を着たカイゼル様を見て、思わず見惚れる。

いつもの青を基調とした騎士服とは違い、正装の騎士服は白と金と黒をベースにした豪華な作りになっている。率直に言って、とても素敵だった。

急に緊張して言葉が出てこない。

――どうしよう。

なんだか恥ずかしくて下を向いていると、頭上から声が降ってきた。

「アシュリー、すごく綺麗だ」

見上げると、蕩けたような笑顔で私を見つめるカイゼル様がいた。

「あ、ありがとうございます。カイゼル様も素敵です。とても凛々しいお姿で見惚れてしまいました」

「あ、ありがとう」

頬を赤く染めて照れくさそうにはにかむ彼の笑顔に、胸が締めつけられた。

これ以上はダメだと頭の中で誰かが囁く。

また傷つくぞと警告してくる――

「ほらほら、イチャついていないでさっさと会場に行って！　皆がお待ちかねよ」

「いっ!?　イチャついてなんかない!!　――な、なんだそのニヤついた顔は。やめろよ母上！　アシュリーを困らせるな!!」

カイゼル様は顔を真っ赤にしてソフィア様に食ってかかった。

「ふふふっ、じゃあ邪魔者は先に行ってるわね。団長就任の挨拶、しっかり決めなさいよ」

「わかってるよ。では行こうか。アシュリー」

「はい」

エスコートのために差し出された彼の大きな手に、そっと自分の手を乗せる。

すると、ぎゅっと軽く握られ、心臓が跳ねた。

身に覚えのある甘く切ない痛みが、過去の記憶を呼び覚ます。

そして浮き足立った気分の私に冷水を浴びせ、警告をしてくる。

その線を越えたら、またあの苦しい日々が戻ってくるかもしれない――と。

「……っ」

――そんなのイヤ。

せっかく私は看護師として充実した日々を送れるようになったのに、今のこの生活が壊れるなんて、絶対イヤだ。そんなことになったら私はもう二度と立ち上がれない。

この場所を失うと想像しただけで目の前が真っ暗になる。恐怖で体が震える。

「アシュリー？　どうした？」

私の様子が変わったことに気づいたのか、カイゼル様が私の顔を覗き込み、心配そうに声をかけてきた。いつも私の不安に気づいてくれるその優しさに、再び胸が締めつけられる。

「大丈夫です。久しぶりの夜会で緊張してしまって」

「俺も同じだよ。お互いなんとか乗り切ろうな」

私を気遣いながら屈託のない笑顔を向けるカイゼル様が、眩しく見える。

お願い、これ以上私の心に入り込んでこないで。

私はもう二度と、恋や愛に振り回されたくないの。

誰かを愛することも信じることも、もう怖い――

◇◇◇◇

会場は既にたくさんの人で埋め尽くされていた。

辺境に住む有力者や騎士団関係者、その他平民の支援者たちなど、身分に関係なく同じ会場に集まっているのは不思議な光景だった。

ここでは身分に関係なく、実力があれば認められる。

自治権を持つ実力至上主義の辺境ならではの特色だ。

中央の社交界では絶対に見られないだろう。

身分差のある者たちがこうして揉めることなく同じ空間に立っていられるのは、ひとえに辺境伯家の政治手腕のなせるわざだ。

それにこの辺境の地に住まう民には、身分に関係なく力のある者が弱き者を守るという教えが根づいている。皆がこの地の繁栄のためにそれぞれの得意分野で戦う同志であるという意識が、彼らの結束を強めている。

そうやって長い間、皆で力を合わせてこの国の生命線を守り続けてきた歴史が、彼らの中に受け継がれているのだ。

そして今、その守護者たちの頂点に立つ辺境伯家と騎士団が壇上に立った。

長く辺境伯を務めていたルードヴィヒ様が前に進み出ると、皆が彼の言葉を待つように、会場が静寂に包まれる。

「皆様、この度は長男セシルの爵位継承、次男カイゼルの騎士団長就任パーティにご出席いただき、誠にありがとうございます。ここにいる次代を担う息子たちが、この国の守りをより一層強固なものにし、辺境地の発展、国の発展に貢献していくことをここにお約束します。つきましては皆様のご指導ご鞭撻のほど、何卒よろしくお願いいたします」

ルードヴィヒ様の挨拶に、会場が拍手で沸いた。

壇上に上がっているセシル様とカイゼル様の凛々しい姿に頬を染めている女性たちがたくさんい

て、彼らの人気の高さを目の当たりにする。

こうして改めて見ると、二人とも引き締まった筋肉質な体に端正な顔立ちをしていて、とても男らしい外見をしている。

今も美貌を損なわない元公爵令嬢のソフィア様と、美丈夫と名高いルードヴィヒ様の血を受け継ぎ、それに加えて彼らは王家の縁戚でもあるのだ。

そんな彼らに熱い視線を送る令嬢がいてもなんらおかしくはないのだろうけど、なんとなく胸の奥がモヤモヤする感覚を覚えた。

その感覚に、戸惑いを隠せない。

そして女性たちの黄色い歓声と共に、壇上の中心にセシル様が立った。

「この度、新たに辺境伯の名を継いだセシル・オーウェンです。父の名に恥じぬよう、またそれを超える存在になれるよう、我が弟たちと共に精進していく所存です。そして私の代で辺境は新しく生まれ変わります。今後この辺境の地は国の守りを担い、更に発展していくことをここにお約束します。どうか皆様も、辺境の民を、そして国民を守るためにお力添えをお願いいたします！」

辺境伯の名にふさわしい、覇気のある立派な姿に会場が大歓声に揺れる。

その絶対的なカリスマ性は、やはり薄からず王家の血が入っているのだと思わざるを得ない。

そして次に、カイゼル様が中心に立った。

「この度、辺境騎士団の団長に就任、そしてシュタイナー伯爵位を継承しましたカイゼル・シュタイナーです。皆様もご存じのことと思いますが、未だこの辺境の地は脅威にさらされたままです。

だからこそ、今一度皆様と一致団結し、一人でも多くの命を救うためにご支援をお願いしたい。今までこの国を守るために散っていった仲間たちの想いを未来に繋げるために、この国最強の盾と呼ばれる騎士団の名に恥じぬよう、我々は身命を賭して民を守り、戦い抜くことをここに誓います。どうか今後とも、我々辺境騎士団をよろしくお願いいたします！」

カイゼル様の挨拶と共に、壇上の一番奥に横一列で並んでいた辺境騎士団の皆が一斉に騎士の礼を取る。再び、会場が大歓声に包まれた。

「あのウジウジしてた男が、立派になったもんだな」

「先生……」

いつの間にか先生が私の隣に立っていた。

少し涙ぐんで壇上を見つめる先生は、眩しそうにカイゼル様を見つめている。

本当の意味で彼を救えない不甲斐なさを、先生もずっと気に病んでいたのだ。

そしてそれは、先生だけではないようだった。

壇上に上がっている皆が、目の前に立つカイゼル様の背中を眩しそうに見つめている。

ソフィア様に至っては堪えきれなかったのか、涙を流してルードヴィヒ様に肩を抱かれていた。

死に場所を求めていた彼を、誰よりも案じていたのは母親のソフィア様だったと思う。

その彼が今、仲間に託された想いを未来に繋げるために、身命を賭して戦うと宣言したのだ。

感極まっても仕方ないだろう。

歓声とたくさんの拍手に包まれる中、ふと、彼がこちらに視線を向けた。

目が合うと、彼が嬉しそうに笑顔を浮かべる。

――ドクン。

また心臓が跳ねた。

さっきからずっと「ダメだ」と警告が頭の中で鳴っているのに、彼から目が離せない。

周りから、彼の笑顔を見た女性たちの悲鳴が聞こえる。

「なんだあれ、まるで主人を見つけた犬だな。褒めてと言わんばかりに勢いよく尻尾振ってるぞ」

私の隣で先生が肩を揺らして笑っている。

「先生もカイゼル様が犬に似てると思います？」

「似てるっつーか、犬だな。耳と尻尾が見えるぞ」

「ふふっ、私にも見えます」

どうやら幻覚が見えるのは私だけではないらしい。

鳴り止まない拍手の中、改めて、彼を凄いと思う。

これだけの人に慕われるのは、そう簡単なことではない。

それは彼が先ほどの誓いの通り、親友のロドルフ様と共に、幼い頃から辺境を守るために鍛錬を積み、辺境のために生きてきたからだ。私の目にも、壇上に立つ彼が眩しく見える。

ロドルフ様の死を乗り越えた彼は、誰よりも強く、大きく見えた。

そして私も、そんな彼をまっすぐに見つめ、その英姿に拍手を送った。

「アシュリー、立ちっぱなしで疲れただろ。こっちで休めばいい。せっかくの豪華な料理と酒だからな。存分に味わっておいたほうがいいぞ。俺はこれが楽しみで昼飯を抜いたんだからな」

「ふふふっ、そういえばたくさん食べる宣言していましたね。もう若くないんですから、空腹の状態でお酒を飲むのはやめてくださいね。胃がやられてしまいますよ」

「最近アシュリーは小言が多くないか？」

先生と談笑しながらフードエリアに向かうと、大きなテーブルに豪華な料理がビュッフェ形式で並んでいる。給仕の人たちが配っているワイン等も王宮舞踏会と変わりない一級品のものばかりで、手に取るのをためらってしまいそうだ。

「遠慮すんなアシュリー。今日しか食べられない物もあるんだから、我慢するだけ損だぞ」

そう言いながら、先生は早速料理とお酒を手に取って舌鼓を打つ。

私も前菜やチーズを取り、軽食を楽しんだ。

「ここのパーティは王都みたいに殺伐としていなくて、本当に皆さん楽しそう」

「まああっちの夜会は、腹芸ができなきゃ足元掬《すく》われるような権力争いパーティだもんな。こっちは田舎で、そういう堅苦しいのはないから気楽なもんさ」

会場の中心ではダンスを踊っていたり、お酒を飲みながら歓談していたりと、それぞれが自由に楽しんでいる。嘲笑や侮蔑、差別など、夜会にありがちな嫌な雰囲気は一切感じられない。

美味しいワインをいただきながら会場の様子を眺めていると、カイゼル様の背中を見つけた。

そして――

「カイゼル様！」

一人の令嬢がカイゼル様の名を親しげに呼び、その腕に抱きついた。

遠目でそれを見た私の胸に、ズキリと痛みが走る。

カイゼル様はその令嬢を咎《とが》めるでもなく、ゆっくり腕を外すと笑顔でその令嬢の頭にポンポンと軽く手を置いた。そして令嬢の後からついてきた逞しい体躯をした中年の男性と、笑顔を交わしながら三人で話し始める。

先ほどの令嬢はカイゼル様から離れることなく、隣にぴったりと寄り添ったままだ。

その距離感に、二人を見ていることができなくて視線を外す。

こんなに動揺している自分に、ものすごく抵抗を覚えた。

そんなはずはない。自分はそんなことを思える立ち位置にいない。

これは何かの気の迷いよ――

「相変わらずだな、カトレアは。今年学園を卒業して成人したって聞いたが、社交マナーがまだまだなっちゃいないいな」

先生の声が聞こえて視線を向けると、肩をすくめて呆れた表情をしていた。

「先生もお知り合いなんですか？」

「カイゼルほど関わりはないがな。カトレアは騎士団の精鋭部隊を育成する師匠の娘なんだよ。カイゼルやロドルフに一番懐いてて、よく三人で遊んでたな。まあ、幼馴染ってやつだ。今カイゼルと話してるあの厳ついオッサンがその父親だよ。母親を流行り病で亡くしていて、父子家庭だからか、娘を甘やかしているところがあってなぁ……」

幼馴染――だから二人はあんなに距離が近いのね。

ふと、ライナスの顔が浮かんだ。

十八年間一緒にいてあんなに愛してたのに、ここでの生活に必死すぎて、あまり思い出す余裕がなかったわ。もう離婚して二年が経つのね。


――そう。私は離婚したのだ。

社交界から見れば傷物令嬢。そんな女が新たな恋愛をするなんて無理な話だ。

離婚した女の末路は、問題を抱えた男の後妻になるか、修道院に行くかの二択が多い。

それに比べれば、私はやりがいのある仕事に恵まれている。それで充分だわ。

看護師の仕事は初めは新しい人生を生きるための手段だったけど、いつの間にかやりがいを感じ始めて、今は救命処置の普及に努めている。

その活動で騎士たちの死亡率の低下や、現場への復帰が早まるという成果を得られ、今ではこの仕事に生きがいを感じるようになった。

今後の目標は、何かと被害に遭いやすい国境沿いの村に、出張で救命処置を教えに行くこと。

一人でも多くの命を救いたい。そのためにやりたいことがたくさんあるのだ。

私に恋愛をしている暇なんてない。

仲睦まじく見えるあの二人に嫉妬する資格なんかないし、私はその立ち位置にいない。

たとえ彼が彼女に笑顔を向けていたとしても、それは私には関係のないことだ。

私はただの職場関係者。ずっとその立ち位置でいい。

この辺境の民を守るために生きる、同志のままでいい。

それならずっと彼の近くで、同じ高みを目指していける。——失わずに済む。

◇◇◇◇

祝賀パーティからしばらく経ったある日、俺は兄上に呼び出された。

執務室のドアをノックする。

「兄上、カイゼルです」

「入れ」

俺は中に入ると応接セットに座り、部屋を見渡す。

執務机の上には大量の書類が載っていて、その忙しさを物語っていた。

兄の横では側近たちが、同じく忙しそうに書類を片づけている。

「大変そうだな。兄上」

「ああ、医療学校の建設工事やら、同盟国との交渉やら、山ほど調整することがあってな……領地のことまで手が回らないから、まだまだ父上たちを引退させられそうにないよ」

侍従が入れたお茶を飲みながら、疲れ気味に兄がボヤく。

「俺は事務作業はからきしだから、手伝えなくて悪い」

「脳筋のお前など最初から当てにしてないよ」

「へいへい、そうですか～。――で？　話って何？」

「お前、アシュリー嬢といつ結婚するんだ？」

俺は口に含んだお茶を吹き出した。

「汚いな!!　何してんだお前!!」

「ゴホッ、ゴホッ……っ、あ……にうえが、変なこと言うからだろ！」

気管にお茶が入ってしまい、しばらくむせてしまう。

「なんでいきなり結婚なんて言い出したんだよ」

「だってお前、アシュリー嬢に惚れてんだろ」

「なんで……」

「あんなあからさまに尻尾振っといてバレてないとでも思ってんのか？　それに入院した若い騎士がアシュリー嬢に懸想しそうになると牽制してんのも知ってんだぞ。団長が必死だな」

「うっ……」

「で？　お前らは一体どうなってんだ？」

「……どーもなってない。むしろ最近は壁を感じる」

俺はガックリと項垂《うなだ》れて力なく答えた。

あの祝賀パーティから、アシュリーは俺に一線を引いている気がする。

表面的にはいつも通り気安く話してくれるけど、笑顔が……社交じみたものに変わった。

「俺……なんか嫌われることしたんかな……」

「したっつーより、お前の立場が変わった影響が大きいかもな」

「立場？」

聞き返すと兄はおもむろに席を立ち、机の一角に山積みに置かれていた何かの束を俺の前にドン！　と音を立てて積んだ。

「なんだ？」

「お前への縁談の申し込みだ。辺境だけでなく、王都の貴族からも釣書が山ほど届いてるぞ。よかったな。よりどりみどりだ」

「はあ!?」

「お前が団長に就任したのは国中に知られてるんだ。未だに婚約者がいないとなれば、申し込みが殺到してもおかしくないだろ。辺境伯は議会でも発言権が強いし、王家の縁戚だからな」

「――俺は誰とも結婚しない。全部断ってくれ」

「だと思ってたからお前に見せなかったんだよ。で？　誰とも結婚しないということは、アシュリー嬢ともしないいってことか？」

「……そりゃ、アシュリーと結婚できるなら嬉しいよ。でも離婚で傷ついた彼女に、俺の気持ちを押しつけるわけにいかないだろ。負担に思われるだけだ」

「そんな呑気なこと言ってると、大事なものを取りこぼすぞ」

そう言って兄は一枚の釣書を俺の前に投げた。

それを広げた俺は驚きで固まる。

そこには妹のように思っていたカトレアの絵姿があった。

「カトレア？」

「子供の頃からお前のことが好きなんだってよ。十八歳と二十六歳、まあ貴族の結婚なら特に気にならない年齢差だ。師匠の娘であり、子爵令嬢。伯爵夫人にするには教育が必要だが、お前のためならなんでも頑張るんだとよ」

「ちょっ、ちょっと待ってくれ！　じゃあ今師匠とカトレアがここに滞在してるのは……」

師匠は祝賀パーティのために久々に辺境に来たのをきっかけに、騎士団に短期間滞在して、若手騎士たちの指導に当たっている。

だからカトレアは毎日のように父親について騎士団に顔を出し、持ち前の明るさであっという間に馴染んでしまった。

「騎士たちの指導に来た父親の補佐ってのは建前で、お前との縁談を認めてもらうためだよ。しかもお前が鈍感なのをいいことに外堀から埋めてるぞ。アシュリー嬢も多分お前の縁談話が出てることは知ってるだろうな。だから変な噂が立たないように一線引いてるんじゃないか？」

「……っ」

俺は自分の不甲斐なさに頭を抱えた。

カトレアが俺にそんな感情を抱いているなんて全然気づかなかった。

兄として慕ってくれてるものだとばかり思ってたんだ。

だって八歳下だぞ。赤ん坊の頃から知ってるんだ。俺から見たらいつまでも子供でしかない。

「子供だと思って甘く見てると、痛い目見るぞ」

俺はいてもたってもいられなくて執務室を飛び出し、アシュリーの職員寮に向かう。

全力疾走で屯所を駆け抜け、職員寮の手前の角に近づいた時、誰かを責めるような女の声が聞こえた。

「貴女のような離婚歴のある傷物令嬢はカイゼル様に相応しくないわ!!　くれぐれも自分の立場を理解して行動してくださいね」

これは、カトレアの声……？

俺は角を曲がり、カトレアたちの前に姿を表す。

その時、一瞬で表情を隠したが、確かに俺は見た。傷ついたアシュリーの顔を――

◇◇◇◇

「貴女、カイゼル様の何？　なんでこの間の祝賀パーティでカイゼル様にエスコートされてたの？」

「……だから、私は何度もただの職場関係者だと言っています。それ以上でもそれ以下でもありません。エスコートについてはたまたまです。というか、もう私に聞かずにカイゼル様に直接聞いてください」

「ただの職場関係者がなんで気安く彼の名を呼んでいるのよっ！」

もういい加減にしてほしい。

祝賀パーティ以降、カトレアさんたちは辺境伯家に滞在して、若手騎士の指導を行っているらしい。

そしてなぜか私は彼女に敵視され、こんな感じで絡まれている。

カイゼル様とは関係ないと何度言っても、納得できないのか、私に絡むのをやめてくれない。

仕事を手伝ってくれるわけでもないし、正直邪魔なので医務室に来ないでほしい……

こんなことになるなら、あのパーティでカイゼル様のパートナーを務めるんじゃなかったわ。

「私、貴女のこと知ってるのよ？　離婚したあの元セルジュ侯爵夫人でしょ？　傷物令嬢がわざわざ男性の多い辺境騎士団で働くなんて――まさか男漁り？」

「ちが……っ」

あんまりな物言いに腹が立って言い返そうとすると、勢いよく医務室の扉が開き、先生が中に入ってきた。

「カトレア。口の利き方に気をつけろ、この無礼者が。アシュリーは伯爵令嬢でお前は子爵令嬢。アシュリーのほうが立場は上だ。不敬だぞ。成人したのにそんなこともわからないのか」

イライラが爆発したかのように、先生がカトレアさんに厳しい眼差しを向け、冷たく言い放った。

私がライナスと離婚したことは王都では知れ渡っているので、カトレアさんも社交界で耳にしたのだろう。もちろん辺境の皆にも、私がここに来た経緯は話している。

けれど、誰も私を悪く言う人はいなかった。

その心遣いに、辺境の皆の温かさに、改めて涙が出たのを思い出す――

こうしてあからさまに敵意を向けられたのは、ここに来て初めてだ。

もしあのまま王都にいたら、きっと社交界ではこんな嘲笑の目で見られていたのだろう。

ある意味、コレが世間から見た私の正しい評価なのだ――

「先生！　なんでそんなに私に冷たいんですか？　昔は優しかったのに……」

「お前が毎日毎日くだらないことで俺とアシュリーの仕事の邪魔をするからだ。お前はもう医務室出禁だ。今すぐ出て行け」

「先生！」

「うるせぇんだよ。キンキン声でわめくな。ここは子供の遊び場でも入院患者に媚びを売る場所でもねえ！　治療する場所だ！　これ以上俺の仕事場で好き勝手に振る舞うのは許さん。お前の親父に苦情を申し立ててるから覚悟しておけよ、クソガキ！」

そう啖呵《たんか》を切ると、先生はカトレアさんの背中を押して医務室の外に追いやる。

「待って先生！　ごめんなさいっ、お父様には言わないで！」

「無理だな。子供の不始末は親の責任だ」

そう言って、先生はピシャン！　と激しい音を立てて扉を閉めた。

「……ったく、カイゼルのバカは何やってやがる。ほんと色恋沙汰には疎い脳筋野郎だな」

何やらぶつぶつと不満を漏らしているが、声が小さくて私のところまで聞こえない。

「先生？」

「ああ、なんでもない。悪かったな、嫌な思いをさせて。アシュリーにこんなに強く当たってると知ってたらもっと早く追い出してやったのに。アシュリーは我慢しすぎだぞ。これからは困ったことがあったら隠さず言えよ。職場環境の改善は上司の務めだからな」

「ありがとうございます」

先生の気遣いと優しさに、張り詰めていた緊張がほぐれる。

私は、一人じゃない。傷物令嬢だとしても、こうして私の味方でいてくれる人がいる。

改めてそのことが嬉しい。

「本当に、カトレアさんの父親に苦情を申し立てるんですか？」

「ああ。いくら腕の立つ指導者でも、あんなじゃじゃ馬をのさばらせるなら邪魔でしかない。さっさと山に帰ってもらうことにする。まあ、どうせアイツは娘の所業にまったく気づいてないだろうがな。セシルは既に把握してるから早急に対処するって言ってたぞ」

「そうですか……」

セシル様が決めたのなら、これ以上何も言うことはないわね。

「疲れただろアシュリー。どうせあと三十分で終わりだし、今日は早めに上がっていいぞ。ゆっくり休め」

「ありがとうございます」

祝賀パーティのあの日、壇上に立つカイゼル様の英姿を見てから、急に彼が遠い人になった気がした。

この国最強と呼ばれる辺境騎士団の団長になった彼には、たくさんの縁談が舞い込んでいるらしい。

見舞いに来た騎士たちが話しているのを偶然聞いた。国中の有力貴族からカイゼル様に釣書が届いているのだと。

その事実に、胸が締めつけられた。

そんな誉れ高い彼の近くに、私みたいな傷物令嬢がうろついていたら、気に入らないのは当然だろう。カトレアさんはカイゼル様のことを子供の頃から好きで、ずっと片想いしていたのだと言っていた。縁談の申し込みもしていて、今いろいろと調整中だとも。

それはつまり、前向きに話が進んでいるということだ――

ズキズキと痛む胸を手で押さえる。

彼女が現れてから、ずっと胸につかえたまま消えない痛み。

彼と私はなんの関係もない。ただの職場関係者。胸を痛める立場じゃない。

その立場になる気もない。私は彼に相応しくないもの。

隣に立ったら、私のせいで彼の評価を下げてしまう。

誰よりも強い彼には、相応しい相手がいくらでもいるのだから。

角を曲がり、職員寮の門に手をかけたところで呼び止められた。

声の主に視線を向けると、こちらを睨みつけている彼女が立っていて、思わずため息が漏れる。

「……カトレアさん」

本当にしつこい。この人はなんでこんなに私に執着しているのかしら？

心配しなくても、カイゼル様には必要以上に近づかないわよ。

「全部貴女のせいよ、ずっとずっと、カイゼル様の傷が癒えるのを待っていたのに。ずっと大人になるのを待って、成人したら私が彼を支えていくんだって決めて、そのためにずっと準備していたのに、貴女のせいで全部台無しよ！」

「なぜ私のせいになるの？　意味がわからないわ」

「いつまで惚《とぼ》けるつもり？　本当はカイゼル様の気持ちに気づいてるくせに。そういうところがイライラするのよ！　私がずっと欲しかったものを手に入れておきながら、素知らぬ顔して彼の側にいる貴女が本当に目障りで仕方ないわ‼」

「……」

そんなこと言われても、私にどうしろというの？

目障りなら私の前に現れなきゃいいじゃない。

うんざりして何も答える気にならない。どうすれば私を解放してくれるのよ。

「何よ、都合が悪くなったらだんまり？　まあ、そうよね？　認めるのは忍びないわよね？　この国最強の騎士団長の相手が傷物令嬢だなんて社交界の笑い物だわ。カイゼル様の正気が疑われるレベルよね。だって貴女より相応しい有力貴族の女性はいくらでもいるもの。私もそのうちの一人よ」

鋭い言葉たちが刃となって私の胸に突き刺さる。

そんなこと――言われなくてもわかってる。

彼の相手に私が相応しくないことは、誰よりも私が一番わかってるわ。

「とにかく！　貴女のような離婚歴のある傷物令嬢はカイゼル様に相応しくないわ！　くれぐれも自分の立場を理解して行動してくださいね」

「わかりました」と返事をしようと口を開いたその時、それは突然現れた。

あっという間に私の目の前に大きな背中が立ちはだかり、彼女の鋭い視線から私を隠してくれた。

触れなくても感じるその温もりに、何も言わなくても私の味方になってくれるその大きな背中に、鼻の奥がツンとして涙が込み上げそうになった。

お願いだから、これ以上私に優しくしないで。また弱虫になってしまう――


「カトレア……どういうつもりだ？」

怒りを含んだ低い声が響いた。

「カ……カイゼル様、コレはその……っ」

カトレアさんの声が震えているが、カイゼル様の背中に隠されている私からは、彼女の顔色は伺えなかった。

「俺はどうやらお前を子供だと思って甘やかしすぎたらしい。いいだろう。たった今からお前の望み通り、一人前の大人として扱ってやる」

その瞬間、彼から強烈な威圧が彼女に向かって放たれた。

私に向けられたものではないとしても、背中越しでも感じる彼の覇気に、彼が武人であることを体感的に思い知る。

「さっきの言葉と態度はなんだ？　とても子爵令嬢が伯爵令嬢に対して取っていい態度じゃないな。騎士団の中で不敬を働くとはいい度胸じゃないか」

決して声を荒らげているわけではないのに、その声音には明確に怒りの感情が乗っている。

カトレアさんは覇気に当てられて「ひっ」と恐怖の声を上げていた。

「確か『アシュリーのような令嬢は俺に相応しくない』だっけか？　なんでアシュリーがお前にそんなことを言われなきゃいけないんだ？　お前はなんの権利があってそんなことを言う？」

「だっ、だってその人は離婚した傷物ですよ⁉　私じゃなくても、誰もがカイゼル様に相応しくないって言うに決まっ――ひぃっ」

彼女が再び相応しくないと言った瞬間、更なる威圧が彼女を襲った。

今度は完全にキレているのが伝わる。

「それ以上アシュリーを侮辱してみろ。妹分のお前だろうが俺は容赦しないぞ」

「どうして……っ」

「お前にも誰にも、アシュリーのことは傷つけさせない。それに、お前は祝賀パーティから今日まで、どれだけの不敬を重ねて来たのかわかっているのか？」

「……え？」

「俺は何度も言ったよな？　淑女はみだりに男の体に触れない、気安く話しかけていいものではないと。でもお前は稽古中、俺の忠告を無視して騎士団内で好き勝手に振る舞っていた。中には高位貴族で、本来ならお前が気安く話しかけてはいけない奴らもいたんだ。だが、お前のことは赤子の時から知っている者が多いし、師匠の顔に免じて大目に見ていたにすぎない」

「え？　……カイゼル様……？　なんでそんなに冷たくするの？」

「もうお前は成人した大人だ。大人は自分の愚行に責任を負わなければならない。更にお前は貴族だ。貴族法や貴族のマナーから外れた行動を取れば断罪されるんだよ。お前はたくさんの不敬を働いた。相手が訴えれば不敬罪で牢に入れられてもおかしくないいんだぞ！」

「そんな……っ」

　ずっと好きだった人に冷たく突き放されて、カトレアさんの声が震えている。

　顔が見えなくても泣きそうになっているのがわかった。

「騎士団長として命じる。カトレア嬢、今この瞬間から騎士団への出入りを禁止する。即刻、辺境伯家から立ち去れ」

「イヤ……っ、カイゼル様！　そんなこと言わないで、私はただカイゼル様のことが好きで、ずっとカイゼル様のお嫁さんになるのが夢だったのに、なのにその人がいるから!!」

「好きだったら、何をしても許されると思っているのか。大人の世界ではそんなの通用しないんだよ」

「カトレア!!」

私たちの背後からカトレアさんの父親が息を切らして走ってきた。

彼はそのまま泣き声を上げているカトレアさんに寄り添うように立つ。

「カイゼル……」

「師匠。今まで貴方の顔に免じて大目に見ていたが、たった今、カトレアに騎士団への出入り禁止と辺境伯家から即刻立ち去ることを命令しました。コレは俺の権限で決めたことだから、たとえ貴方の訴えでも変えることはできない」

「わかっている……。たった今、セシルからカトレアの所業について聞かされて、コイツを迎えに来たところだ。カイゼル、アシュリー嬢、迷惑をかけてすまなかった。この通りだ」

「お父様！」

「お前も二人に頭を下げろ!!」

「……っ」

父親が自分のしたことで頭を下げたことがショックだったのか、彼女は更に涙を流し、嗚咽しながら私たちに頭を下げた。

「謝罪は受け取る。だが命令は撤回しない。師匠とまで関係を断つつもりはこちらにはないので、今まで通り辺境伯家に仕えてくれると有難い」

「ああ。ありがとう。父親として娘をたしなめることができなくて、本当にすまなかった。今回は俺もコイツと一緒に帰るよ」

「そうか。――それから師匠。縁談の件だけど、悪いが断らせていただく」

「わかった。元より祝賀パーティの時から、お前が受ける気がないのはわかってたよ」

「イヤよカイゼル様！　どうして私じゃダメなの！」

「やめろカトレア！　お前も本当は気づいてるだろ」

「お前のことは妹のようにしか思えないし、俺には他に想う人がいる。だからお前とは結婚できない」

はっきりと拒絶されたカトレアさんは、そのまま地面に崩れ落ちた。

「カトレア！」

彼女の父親が、彼女を抱き起こす。

自力で歩けそうにない様子を見た父親は、カトレアさんを横抱きにして私たちに一礼をし、その場を去った。

彼らの姿が見えなくなった後、カイゼル様はため息をつき、私に向き直る。

「アシュリー、嫌な思いをさせてごめん。今日は疲れただろう。帰って休んでくれ」

「――わかりました」

踵を返して再び寮の門に手をかけた時、また名を呼ばれた。

「……もしまた何か辛いことがあったら、どんなことでも俺に言って。俺を頼って」

アメジストの瞳がまっすぐ私を射抜き、心拍数がどんどん上がっていく。

さっき威圧を放っていた彼はもうどこにもいなくて、ただ切なそうに私を見つめていた。

「アシュリーのことは、俺が全力で守るから。――だから一人で傷ついて泣いたりするな。泣くなら俺のところに来い」

彼の言葉が心に染みて、また鼻の奥がツンとする。

本当は自分が思うよりずっと、傷物だという評価に傷ついていたのだと自覚する。

泣きたくなんかないのに――

彼の立場を思うなら、本当は断らなきゃいけないのに、言葉が出てこない。

「アシュリー」

また彼が私の名を呼ぶ。


――もうやめて。

そんな優しい声で私の名を呼ばないで。

気持ちが揺さぶられてしまう。

気づきたくないのに。

もう誰かを愛するのは怖いのに。


「アシュリー……」

いつの間にか目の前に立っていた彼の指が、私の頬に触れた。

どうやら私は泣いていたらしい。

それを自覚した途端、胸が酷く締めつけられ、堰を切ったように涙があふれる。

どうにか止めようとしても涙は全然止まってくれなくて、そのまま私を抱きしめた彼の腕を、振り解けなかった。

「アシュリー、近々北の国とのポーションの輸入契約がまとまりそうだ。来月には辺境に届けられるらしい」

「本当ですか先生！　それじゃあ国境沿いの村にやっと配りに行けるんですね」

「ああ。前からのアシュリーの希望だった医療支援が現実になるな。ポーションは騎士たちが届けるから、それに同行させてもらえばいい。俺はここを離れられないが、アシュリーだけで大丈夫か？」

「大丈夫です。西の隣国の脅威が増した以上、一刻も早く彼らに支援物資を送るべきです」


セシル様が辺境伯となり、カイゼル様が騎士団長になってから、もうすぐ三年になる。

私は二十八歳になった。

私たちが始めた医療従事者育成の取り組みは、新しい段階へと進んだ。

皆の尽力のおかげで、同盟国の最新医療も取り入れた、画期的な医療学校が我が国に誕生することになった。建設の準備もまとまり、今年いよいよ着工する。

当初は辺境だけのものだったこの計画は、今や国を巻き込んだ一大計画へと変貌を遂げた。

その背景には、ずっと睨み合っていた西の隣国が、本格的に我が国に戦争をしかける準備をしているという情報を得たことにある。

それを受け、北と南に位置する友好国と、新たに安全保障条約を結んだ。

万が一、西の軍事大国に我が国が落とされれば、次は自国に魔の手が及ぶのは明らかだという危機感を募らせる二国と交渉し、関係を強化したのだ。

条約は、ダルの森を想定した大規模スタンピードに備えた医療支援、武器支援、共同戦線の展開などを取り決めたものだ。

他国との戦争における軍事支援については表立って明記されていないが、いずれ来ると言われている大規模スタンピードを隠れ蓑にした、西の軍事大国に対する三ヶ国の軍事同盟に他ならなかった。

西の大国と我が国の間を隔てるダルの森は、縦に長く、同盟三ヶ国の国境にも広範囲に広がっている。同盟外の国へはあくまでもスタンピードへの対策支援であることを印象づける必要があったが、他国にとっても同盟三ヶ国はダルの森からの魔物の流出を防ぐ防波なのだ。

そのため、どの国からも横やりは入らなかった。

この条約の医療支援の項目案の制定にあたっては、セシル様を通じて辺境騎士団からも意見を出した。私たち現場の人間が必要としていることを盛り込んでもらい、より実効性のあるものにまとまった。

私は騎士団内の意見の取りまとめ役に抜擢され、忙しい日々の仕事の合間を縫って、張り切って草案の作成に取り組んだ。

今回はその条約に基づき、北の国からの医療支援が辺境にもたらされた形だ。

北の友好国は魔法国家で、良質なポーションの産地だ。

学問が発展し、技術力に優れた南の友好国からも、最先端の医療器具や、対魔物用の銃火器が我が国に支援された。

そして魔物との戦いのノウハウを豊富に蓄積している我が国からは、魔物用の武器と鍛冶師、そして我が国の騎士団を指導する対魔物戦のエキスパートたちが派遣された。


辺境はまもなく、転換期を迎えようとしている。

私も救命活動の普及や、今回締結した安全保障条約の医療支援の内容に貢献したとされ、看護師長に出世することができた。自分のしてきたことが評価されて嬉しい。

カイゼル様は、自分のことのように喜んでくれた。


——抱きしめられたあの日から、彼との関係性は未だに変わっていない。

彼も何も言わないし、私も何も言わない。

仕事を通じて確実に信頼関係を築けているとは思うけど、それ以上はお互い求めない。

でも、彼の好意は伝わる——

彼の人となりを知るたびに惹かれるけど、それと同時に私は怖くなって逃げだしたくなる。

どうやったって私の離婚の事実は消えない。社交界にはそれを悪く言う人は絶対にいる。

元侯爵夫人が看護師として辺境で働いていることを嘲笑する人もいるだろう。

自分だけが笑われるならまだ我慢できる。

でも一緒にいることで、私の存在が彼の足枷になることが怖いのだ。

たとえ彼が気にしないと言っても、小さな歪みが少しずつ積み重なって、いつか疎まれる日が来るのではないかと、後ろ向きなことばかり考えてしまう。

要するに私は、彼にずっと愛してもらえる自信がない。

彼を、信じるのが怖い——

だから彼が何も言わないのをいいことに、ずっと気づかないフリを続けている。

◇◇◇◇

「村長さん、ポーションは暗所で保管してくださいね。使用した場合は、用途と使った数を近くの分隊まで知らせてください。必要に応じてまた在庫を支給します」

「ありがとうございます、アシュリー様。どう感謝の意を示せばいいのか……っ、救命とやらの方法まで教えてくださって、これで村人の命を救えるならこんなに嬉しいことはない。本当にありがとうございます」

そう言って村長は涙ぐみながら頭を下げた。

「お顔を上げてください、村長さん。私たちが辺境の民を守るために行動するのは当然のことです。

ですから貴方は、村人を守るためにこれからもお元気でいてください」

「そうだぞ、村長。民を守るのは俺たち辺境騎士団の使命だ。今後も医療体制を改善していくから、またその時は協力を頼むよ」

「わかりました。カイゼル様」


今日は、念願だった国境沿いの村に医療支援にやって来た。

すぐに医者にかかれない場所にある村や集落に、優先的にポーションを支給することが決まったのだ。

その支給の際に私も同行して、住民にポーションの使い方や救命処置の方法を教えて回った。

それにしても、まさかカイゼル様が同行者になるなんて思いもしなかったわ。

「カイゼル様は、団長なのに屯所を離れて大丈夫だったんですか？」

「屯所には兄上と副団長がいるから大丈夫だ。騎士団のトップの代わりはいくらでもいるけど、アシュリーを守れるのは俺しかいないからな」

「……っ」

カイゼル様は、時々こうして私を揺さぶるようなことを言うようになった。

その度に私は顔を真っ赤にして狼狽《うろた》えたり、黙り込んだりしてしまうけど、いつも彼は笑顔で私の頭をポンと撫で、それ以上は何も言わない。

甘えているのはわかっている。

自分がズルいことも、わかっている。

私はいつまでこうして自分の気持ちを誤魔化し続けるのだろう。


「帰る準備もできたし、見回りの奴らが帰ってきたら出発しようか」

「はい。わかりました」

カイゼル様に促されて、自分の荷物を馬車に乗せる。

すると、一人の女性が青い顔をして森の入り口に立っているのが見えた。

「あの、どうかされたんですか？」

「あ、アシュリー様！　実は息子が昼食用の山菜を取りに行ったまま帰らなくて……」

時刻は十一時を過ぎていて、どの家でも今は昼食の準備をしているところだろう。

「息子さんは何歳ですか？　家を出てどれくらい時間が経っているかわかります？」

「今十二歳です。出かけたのは確か一時間くらい前だと思いますけど……。いつもなら三十分もしないうちに戻ってくるんです」

それならだいぶ時間が経っている。

「アシュリー、どうした？」

名を呼ばれて振り向くと、カイゼル様がこちらに駆けてきた。

「カイゼル様……こちらの女性の息子さんが、一時間前に山菜取りに行ったまま戻ってこないらしいんです」

「子供の特徴は？　今、俺の部下が森を見回りしてるから捜索させよう」

「あ、ありがとうございます！　身長は百四十センチくらいで、私と同じ薄緑の髪をした男の子です」

「わかった、すぐに捜索に――」

カイゼル様が言葉を言い終わる前に、シューっと煙の上がる音がした。

続けて空に何かが爆発する音が二回響く。

見上げると、森の中から空に向かって赤い煙がモクモクと伸びていた。

「発煙筒だ！　それも二発。まさかここにA級クラスの魔物が!?」

カイゼル様が驚いていると、散り散りになっていた騎士たちが集まってくる。

「団長！　見回り隊から発煙筒が二発放たれましたよ！」

「ああ、俺も今見た！　村人を全員教会に避難させて半分は村の護衛に残れ！　それから一人早馬で近くの分隊に応援要請に行け！　A級クラスだ、できるだけ大人数を連れてこい！　残りの者は俺と一緒に森の中に入るぞ！」

「御意！」

騎士たちに命令を下すとカイゼル様は私に向き直る。

「アシュリーは村人と一緒に教会に避難してくれ。それから、ケガ人が出るかもしれないから緊急の治療スペースの確保も頼む」

「わかりました。住民の皆さんにも協力してもらって準備しておきます。――どうかお気をつけて」

「ああ。行ってくる！」

力強く頷き、部下を率いて森の中に入っていく彼の大きな背中を見送った。

この近辺の森には普段はC級クラスの魔物しか出ないのに、なぜ大型のA級クラスの魔物が？と頭に疑問符が浮かんだが、今はそれどころじゃない。

すぐに自分も村に残った騎士たちと一緒に、村人を避難させることに集中した。


避難が終わってから一息ついていると、森の中から複数の獣の鳴き声が聞こえてきた。

魔物が迫ってきている恐怖に、村人たちは悲鳴をあげた。

パニックが起きたら大変だ。私は皆を落ち着かせようと声を張った。

「皆さん落ち着いて！　私たちにはこの国最強の辺境騎士がついているから大丈夫です。後から分隊の騎士たちも応援に来ます。だから大丈夫。皆さんは落ち着いて騎士たちが無事に戻ってくるのを待ちましょう。私が教えた救命処置の方法は覚えていますか？」

私が皆に聞くと、ほとんどの人が首を縦に振って肯定する。

「早速実践する時が来ました。今、騎士たちがこの村を守るために魔物たちと戦っています。帰ってきた彼らを速やかに治療できるよう、皆さんの力を貸してください」

私の言葉と、出入り口や教会の外にいる騎士たちの姿に安心したのか、徐々に村人たちの混乱は収まってきた。

時間が惜しいので今から治療スペースを作りたいと願い出ると、女性陣や若い男性が率先して手伝ってくれて、簡易的な寝床があっという間にできた。

三十分後くらいに分隊の騎士たちによる応援部隊も到着し、彼らと護衛役を交代した辺境騎士たちは、急いでカイゼル様の元に向かう。

この時は、あんなことになるなんて思いもしなかった。

◇◇◇◇

「何かしら――」

外が騒がしい。

騎士たちの叫ぶ声や走り回る足音が聞こえる。

なんだろう――なんだか胸騒ぎがする。

同時に教会の扉が勢いよく開かれ、汗だくの騎士が入ってきた。

中を見回して私の姿を見つけると、苦し気に表情を歪めた。

「アシュリー嬢！　団長が魔狼に噛まれた！　出血がすごくて瀕死状態なんだ！　今すぐこちらに運ぶから治療してくれ!!」

――え？

――瀕死状態……？　カイゼル様が……？

だって、さっきまで私の隣で笑っていたのに――

伝えられた情報がうまく頭に入ってこない。心臓の音だけがやけに大きく聞こえる。

早く動かなければと思うのに、頭が真っ白になって次の行動に移せない。

でも時間はそんな私を待ってはくれず、教会の中に次々とケガ人が運ばれてきた。

教会の中に血の匂いが一気に広がる。


「アシュリー嬢！　早くこっちに来てくれ！　団長が……っ！」

騎士たちに呼ばれてカイゼル様に駆け寄ると、彼は青白い顔で気を失っていた。

身体には何ヵ所か太い牙で噛まれた跡があり、騎士服が見るも無残な状態になっている。

腹部の噛み傷が一番出血が酷く、騎士たちによる応急処置の甲斐もなく、止血した布から血が滴り落ちていた。

これは内臓もやられている――と、瞬時に悟った。

早くしないとカイゼル様が死んでしまう。

その事実に私は目の前が真っ暗になり、体が震える。

騎士たちの声がどんどん遠くなる。

カイゼル様が――死んじゃう……？

嘘でしょう？

これからも辺境を守る同志として、一緒にいられると思っていたのに。

なのに、どうしてこうなったの？

どうしてカイゼル様が今、死にそうになっているの？

さっきまであんなに元気で——私に笑いかけてくれていたのに。

——イヤよ。

私、まだ彼の気持ちに何一つ応えられていないのに——

彼を失うなんてイヤ。

そんなの耐えられない——


「アシュリー嬢！　聞こえているか!?　頼む、早く団長を助けてくれ！」

間近で肩を掴まれ、叫ぶ騎士の声にハッと我に返る。

そうだ、今は余計なことを考えている場合ではない。

一刻も早くカイゼル様を屯所に連れ帰って、先生に診せなくちゃ間に合わない。

「すみません！　村長さんはいますか!?」

「アシュリー様、わしはここじゃ」

「村長さん、すみませんが患者を運びたいので荷馬車を一台貸してもらえませんか？　それから差し上げたばかりで申し訳ないんですけど、中級ポーションをいただけないでしょうか？」

「わかりました、すぐに持ってきます。他にもケガをした騎士様たちに使ってくだされ」

「いいえ、重傷患者の分だけで大丈夫です。皆さんも手が空いている方は応急処置を手伝ってくれるとありがたいです。よろしくお願いします！」

「わかりました！」

それぞれが慌ただしく動き出す。

止血が間に合わない以上、一刻も早く傷口を縫合しなければいけないけれど、そのための器具は持ってきていない。

それなら中級ポーションで、致命傷になりそうな傷を少しでも治癒するしかない。

この状態からいって、傷を完全に塞ぐには上級ポーションでなければ無理だ。

でもあれはとても高級で、辺境騎士団にも数本しか置いておらず、もちろんここには持ってきていない。

村長から中級ポーションを受け取り、カイゼル様に声をかける。

「カイゼル様、聞こえますか!?　カイゼル様！」

頬を叩いて意識が戻らないか確認するが、無理そうだ。

口元に中級ポーションの瓶を添えて、少量の液体を流す。

しかし、口元からすべて外に流れ出てしまった。完全に意識がない。

「団長!!　起きてくれ!!　早くポーションを飲んでくれよ！」

「カイゼル!!　お前まだ団長になったばかりだろ!!　死ぬんじゃねえ！」

部下たちが涙を浮かべてカイゼル様に大きな声で呼びかけるが、彼が目を開ける様子はまったく見られない。

どうしよう……っ、このままじゃ間に合わない。
カイゼル様が出血多量で死んでしまう。
――それなら、もうこうするしかない。

私は覚悟を決めて、カイゼル様の口の中に指を入れ、無理やり口を開かせる。
そして中級ポーションを自分の口に含むと、彼の冷たい唇に自分のそれを寄せた。
隙間からこぼれないように、お互いの唇をぴたりと密着させて彼の中に流し込む。
そしてじっと、耳を澄ませた。
お願い、お願い、――飲んで。
噛み傷と出血量からして、大型の獣の犬歯が内臓まで達しているはず。
獣の牙だ。その傷口から感染症を起こす可能性が高い。
これが飲めなければ、カイゼル様は確実に死ぬ。
だからお願い、飲んで。
戻ってきて。置いていかないで。
私を一人にしないで――
祈るような気持ちでカイゼル様に口移しをしたまま、反応を待つ。
すると小さく「ゴクリ」と喉を鳴らす音が聞こえた。

安堵で涙が出そうになる。よかった――きっとまだ間に合う。

私は再度ポーションを口に含んで、引き続き彼に口移しで飲ませた。

彼の傷口が体内から淡く光り、無残な傷跡を少しずつ治癒していく。

瓶の中身すべてを飲ませ終わる頃には、軽い傷は完全に治り、重傷だった傷口は血が止まるくらいにまで回復した。

魔法国家の治療薬の効果を目の当たりにして、皆驚きすぎて言葉が出てこない。

「すげえ、初めて魔法をこの目で見た」

「俺も……」

「カイゼル様はまだ止血ができただけの状態で、意識はまだ戻っていません。すぐに荷馬車に運んでください。後は移動しながら私が治療をします。他にも重傷患者がいたら同じ馬車に乗せてください」

「わかった、皆聞いたか？　急いで団長たちを運ぶぞ。護衛として何人かアシュリー嬢と一緒に先に帰ってくれ。残りの者は討伐の後処理を頼む」

「了解！」

患者を荷馬車に運んで、出発しようとしたその時、先ほど保護された少年とその母親が声をかけてきた。

「アシュリー様……っ、ごめんなさい、僕のせいで!!」

「謝って許されることではありませんが、本当に申し訳ありませんでした……っ」

二人は泣きながら、何度も頭を下げる。

少年は泣きすぎて目が腫れ、かなり憔悴していた。

未だ目覚めないカイゼル様を思い、罪悪感に駆られているのだろう。

「貴方のせいじゃないわ」

「でも……っ」

「大丈夫よ。カイゼル様は強い人だから、死なないわ。私たちが死なせない。だから、貴方は守られた命を大切にして、元気な姿をカイゼル様に見せてね。そのほうが喜ぶから」

カイゼル様ならきっと、笑ってそう言うと思う。

彼はそういう人だ――

そんな素敵な人を、死なせるわけにはいかない。

だって皆が、彼を必要としている。そして私も――

だからお願い、カイゼル様。

――死なないで。


私たちを乗せた荷馬車は、なんとか日付が変わる前に屯所に戻ってくることができた。

急いで先生と一緒に重傷患者の治療に当たる。

カイゼル様は中級ポーションのおかげで、傷口を綺麗に縫合するくらいで治療を終えることができたけど、出血量が多すぎたので未だに意識が戻らないままだった。

今は感染症防止のために、個室で隔離措置を取っている。


「お疲れ、アシュリー。今日は大変だったな」

「……先生」

「お前の判断は正しいよ。運良くポーションがあってよかった。もしアレがなかったら今回はさすがに助からなかっただろう。アシュリーの判断がカイゼルの命を救ったんだよ」


一緒に屯所に戻った騎士たちに、森での様子を聞いた。

あの森に突然現れたのは魔狼の群れで、百匹近くいたらしい。

見回り隊は先に例の山菜採りの少年を保護していたらしく、彼を守りながらの戦いに苦戦していたのだとか。

カイゼル様たちが合流して群れの数を半分近くに減らした頃、群れの長と思われる大型の魔狼が目の前に立ちはだかり、あまりの恐怖に少年が一人で逃亡してしまったらしい。

群れを成す魔物を目の前にして、背中を向けて逃げ出すのは自殺行為だ。

当然魔狼たちが少年を狙い、噛みつこうと飛びかかったところを、カイゼル様が身を呈して守ったのだと聞いた。

「……カイゼルはすごい男だな。こんな全身噛まれても意識を手放さず、敵を仕留めて子供を守ったんだ。さすが団長だよ」

「そうですね。助けられた子も、膝を擦りむいたくらいの軽傷で済んでました。ホントにすごいです。目の前の命を守りきったんですね、カイゼル様は――」

「アシュリー、今日はもう遅い。疲れただろ。後は俺が看てるから休んでいいぞ」

「いえ。……側に、彼の側に……いたいんです」

私が力なく答えると、先生は私の肩をポンと叩き、「あまり根を詰めるなよ」と言って病室を出て行った。


――まだ、手の震えが止まらない。

今までで一番の重傷を負った彼の姿が、脳裏に焼きついている。

もう死んでいるのかと思ったほど、生気を感じられなかった。

口移しで触れた時の唇の冷たさに、まるで死人に口づけているようで、彼の顎を掴む手が恐怖で震えた。

彼は本当に、死ぬところだったのだ。

中級ポーションがなければ、あと少し処置が遅れていれば、彼は確実に死んでいた。

ベッド脇に置かれている彼の手をぎゅっと握り、ちゃんと脈打っていることに安心する。

その冷たい手を温めるように、私は両手で彼の手を包んだ。

私の体温が、少しでも彼に伝わるように。


それから次の日も、その次の日も、彼は目覚めなかった。

もしかして、このまま目覚めないんじゃないか。

目覚めても、後遺症が残るんじゃないか――

そんな不安がピークに達した三日目の朝、新しい点滴剤を持って病室の中に入ると、

「アシュリー！」

そこには、騎士仲間と談笑しているカイゼル様の姿があった。

「カ……イゼル……様」

「おはようアシュリー、今仲間たちからいろいろ聞いた。なんかその……、俺にポーション飲ませて助けてくれたんだってな。その……ありがとう。……その時のことを全然覚えてないのが死ぬほど悔やまれるけど……」

最後のほうは小さな声でごにょごにょ言ってて聞こえなかったけど、私は久々に彼の声が聞けて胸がいっぱいになってしまった。

だって、生きてる。

カイゼル様がまた前のように喋ってる。

「カイゼル様……っ」

私は感極まって、点滴剤を投げ出して走り寄り、そのまま彼に抱きついた。

「へ？」

そのままぎゅうっと強く彼を抱きしめる。

生きてる。温かい。

ちゃんと彼の体温を感じる。もう冷たくない。

「ア……アシュリー⁉　どどど、どうした？」

「……よかった……っ、生きててよかった……っ。目の前で失うんじゃないかって、ずっと怖かった……っ、ふっ……うぅぅっ」

安心したからか、涙腺が決壊して涙が後から後からどんどんあふれてくる。

皆の前で彼にすがり、子供のように嗚咽しながら泣くなんて、淑女としてあるまじき姿だ。

それでも、死人のように冷たかった彼の体が温かいことに、嬉し涙が止まらない。

「アシュリー、心配かけてごめんな。それから、ありがとう」

そう言って彼は、泣きじゃくる私を抱きしめ返して、優しく頭を撫でてくれた。

◇◇◇◇

「あれ？　アシュリー？」

急に力の抜けた彼女が心配になって顔を覗くと、寝息を立てて眠っていた。

「寝てる……」

「ああ、寝かせてやれ。疲れてるんだろ。ほとんど寝ずにお前の看病してたからな」

「よし！　じゃあ俺たちがお姫様抱っこでベッドに運んで――」

「おい！　患者が見舞い客に殺気飛ばしてんじゃねえよ！　冗談に決まってんだろ」

「冗談でもアシュリーに触れるとか言うな。許さん」

「やれやれ。そんな独占欲爆発させてんなら、さっさと好きだと言ってくっつけよお前ら。見てるこっちが歯痒いわ。いつまで待たせんだこのヘタレ」

アシュリーを抱きかかえたまま仲間たちに殺気を送っていると、先生が呆れたように俺に言ってきた。

「ホントだよな～。しかも先生、団長が目覚めた時の話聞いてくれる？　せっかく朝の鍛錬前に、心配で見舞いに来た可愛い部下たちにさー、いきなり目覚めて胸ぐら掴んできたんだぜ？　びっくりだよね？」

「どこが可愛い部下だ！　ただのゴリラだろ！」

「お前らどんな話してたんだ？」

「いや、いくら声かけても目覚めないからさ。『早く起きないと、アシュリー嬢口説いちゃいますよ？』とか、『アシュリー嬢のことは俺らが幸せにするから、安らかに眠れ』とか冗談を耳元で囁いてたら、いきなりカッと目ぇ見開いて『アシュリーに手ぇ出したらぶっ殺す！』って胸ぐら掴まれたんスよ」

ぶはっ！　と先生が吹き出し、腹を抱えて笑っている。

うるさい。他の男に渡すのはイヤなんだから仕方ないだろ。

俺はベッドを降りてアシュリーを横抱きにする。

「おいカイゼル！　お前はまだ絶対安静なんだぞ！　アシュリーは俺が――」

「嫌だ。たとえ先生でも、俺以外の男がアシュリーに触れるなんて我慢ならない」

ハッキリそういうと、皆呆れた顔をして俺を見た。

「重い……愛が重すぎる……」

「団長、そんなキメ顔で言っても、俺らトキめかないから」

「つーか俺らを牽制してる暇があったらさ、本人にさっさと告白しなよ」

「本当だよ。ったく。――仮眠室はこっちだ。ついて来い」

皆にため息をつかれるのが不本意だ。

わかってるよ。俺だってもうそろそろ、次の段階に進みたい。

アイツらから、アシュリーが口移しで俺にポーションを飲ませたと聞いて、心拍数が大変なことになった。覚えていないことに悔しさを隠しきれない。

さっきはアシュリーのほうから俺に抱きついてきて、彼女の香りと柔らかさに眩暈を起こしそうになった。

もうこれ以上気持ちを抑えるのは、俺もさすがに辛い。

横抱きにしているアシュリーの寝顔を見つめていると、愛しい気持ちがあふれて胸が苦しくなる。

気持ちを伝えたい。こうして彼女に触れてもいい唯一の男になりたい。

堂々と守れる立場になりたい。
好きだよ、アシュリー。愛してるよ。
俺の唯一の人になって。
俺を怖がらないで
俺の想いを——信じてよ。

◇◇◇◇

「ライナス……侯爵家を立て直したのね」

セイラからの手紙で、ライナスも医療学校建設の出資者になったことを知った。

セイラのところに話をしに来たらしい。

三年前に前侯爵が病にかかり、商会の経営ができなくなったことも聞いた。

そのため、ライナスは騎士を辞めて前侯爵の事業を引き継ぎ、商会の経営と領地運営の二つの仕事をこなしているという。

クラウディア様がいなくなったことで、彼の負担はとても大きいはず。

それに後継者問題は大丈夫なのかしら？　セイラの手紙によれば彼はまだ独身らしいけど。

彼がどんな意図で辺境の事業に出資したのかは知らないけど、もう私にはなんの関係もない。

離婚して五年が過ぎた今、ライナスのことを聞いても心が凪いでいる。

あの死にたくなるような絶望感に苛まれることはない。

そんな自分になれたのは、辺境の皆のおかげだ。

そして、彼のおかげ。

「……」

ベッドのサイドテーブルに飾ってある、赤いチューリップの花を見つめる。

先日私は、彼に愛を告げられた――

◇◇◇◇

「アシュリー、愛してる」

カイゼル様がまっすぐに私を見つめ、想いを伝えてくれる。

「アシュリーがまだ何かを抱えているのは知ってる。怖がっているのも知ってる。でも俺はそれもひっくるめて全部、一番近くで守りたい。アシュリーを愛してるんだ」

「カイゼル様……」

嬉しい。嬉しい。

本当に、すごく嬉しい。

なのに――どうして手が震えるの。

「私……私――」

口の中が渇いて言葉がうまく紡げない。

彼が重傷を負った時に、自分の気持ちは認識してる。

私もカイゼル様が好き。——愛してる。

だからこそ、怖くて怖くて仕方ない。

傷物令嬢の私といることで、社交界で貶められても、彼はそんなこと気にしないとわかる。

私の本質を見ていてくれる。彼はライナスとは違うとわかってる。

それなのに——私は未だに女としての自信が持てない。

ライナスのことは吹っ切れていても、私じゃ反応しないと言われ、夫から触れることを拒否され続けた傷は、現在も私の心を蝕んでいる。

私なんかじゃ、という気持ちを捨てきれない。

誰かを愛することが、大切な人と共に生きるということが、怖い。

深く愛し、心を通わせた人に飽きられることが、裏切られることが怖い。

どうしたら、貴方にずっと愛してもらえる？

——どんなに考えても、正解がわからない。

「今すぐ、答えなくていいから」

言葉に詰まっている私の手を、カイゼル様が両手で包んだ。

重なった手の中心で、先ほどもらった一輪のチューリップが揺れている。

「返事はいつでもいい。どんな返事でも受け入れるから、ゆっくり考えて」

そう言ってくれた彼の手は温かくて、いつの間にか震えは止まっていた。


「――赤い、チューリップ……」

あの告白から、定期的にカイゼル様からチューリップを贈られる。

その一輪の花を見つめ、花言葉を思い浮かべた。

人からチューリップを贈られたのは初めてで、最初はとても珍しいと思った。

女性に贈る花の定番といえば、バラやガーベラ、カーネーションなどの華奢で華やかな花だろう。

チューリップはどちらかというと、プレゼントにするより花壇に植えて楽しむ花だ。

「なんで赤いチューリップなのかしら?」

そして何げなく調べたチューリップの花言葉で、彼がこの花に込めた想いを知った。

赤いチューリップの花言葉は、

〝愛の告白〟

〝永遠の愛〟

そして――


「私を信じて……」

その意味を理解した時、涙があふれた。

彼は私の抱えた傷も、そのトラウマのせいで消えてくれない恐怖感も、彼を受け入れることも突き放すことも怖くてできない私の狡さも、すべて承知のうえで愛してくれている。

彼が信じてほしいと願うなら、その願いに応えたい。

カイゼル様と共に過ごした五年の月日は、私が生きてきた中で一番濃い時間で、一番必死に生きた時間だった。その時間のすべてに、いつも彼がいた。

彼と築いた信頼関係が、私に彼を信じたいと思わせてくれる。

だってこんなに大きな愛を、私は知らない。

今までずっと、私が愛して尽くす側だったから。

「ちゃんと、伝えなくちゃ」

彼からもらった溺れそうなほどの愛情を、私も彼に返したい。

私も彼を、愛したい——

◇◇◇◇

「アシュリー、また今日も受け取ってくれる？」

仕事帰りに、カイゼル様がまた、赤いチューリップの花をくれた。

「いつもありがとうございます」

「うん、あ……あのさ、もし予定がなかったら、この後食事でもどうかな……？」

カイゼル様が顔を真っ赤にしながら言うから、つられて私まで頬が赤くなってしまう。

いい年した女なのに、大人の対応も取れずに、この甘くて照れくさい雰囲気に狼狽《うろた》えてしまう。

でも今日こそは言わなくちゃ。

チューリップを差し出す度に、彼の笑顔に不安が混じっていることに私は気づいている。

それは、私がなかなか勇気を出せなくて、曖昧な態度を取っているからだ。

彼の優しさに甘えてばかりではいけない。いつまでも逃げてちゃいけない。

いい加減、私も変わらなくちゃ。

「や、やっぱり無理か……。じゃあアシュリー、また明日」

私がすぐに返事をできなかったせいで、彼は断られたと判断したらしい。

シュンとしながら別れの挨拶をし、背を向けて歩き出した彼の袖を、慌てて掴んだ。

「え？」

「カ、カイゼル様っ、あ、あの、よかったら、私の部屋で食べませんか？　か、簡単なものでよければ、私作れるので……」

「え⁉」

カイゼル様が目を見開いて驚いている。

ものすごく恥ずかしいことを言っているのはわかってる。もちろん淑女のマナーとしてはダメ。

でも二人で落ち着いて話せる場所なんて、私の寮の部屋しかない。

料理は結婚前に実家の料理人に教えてもらったから、簡単なものなら作れる。

学園時代にライナスに喜んでもらいたくて、よくお弁当やお菓子を作っていたから、レパートリーもそれなりにある。だから大丈夫だと思う——けど、
彼の返事がまだ戻ってこない。

やっぱり部屋に誘うのは引かれた？

はしたない女だと思われたかしら——

不安になって俯いていた顔を上げると、そこには私以上に耳まで顔を真っ赤に染めたカイゼル様が、片手で顔を覆っていた。

この反応は、どっちなのだろうか？

「あの……イヤなら無理にとは——」

「行く。絶対行く」

◇◇◇◇

「ご馳走様でした！　すげぇ美味かった！　ありがとう」

顔の前で手を合わせ、満面の笑みでお礼を言うカイゼル様。

初めて部屋に男の人を入れたので、最初のほうはお互い緊張してギクシャクしていたけど、料理して一緒に食べているうちに、だいぶ緊張も解れてきた。

「お口に合ってよかったです」

「アシュリーが作ってくれたものならなんでも美味しいよ。また食べたいな」

「はい」

食後のお茶を淹れながら、どうやって話を切り出すか考えていると、

「アシュリーはお茶も淹れられるんだな。なんでも一人でできて偉いな。すごい頑張ったんだな」

そう言って、カイゼル様が優しく微笑んだ。

「……っ」

その言葉と笑顔に、ぎゅうっと胸が甘く締めつけられた。

こういうのが、彼が他の人とは違うところだ。

本来、伯爵令嬢が侍女もつけずに、身の回りのことから料理までを一人でこなすなんて異端なのだ。でも彼は、同じ貴族でありながらなんの含みもなく、ただ純粋に私の努力を認めてくれる。

それが、こんなにも嬉しい。


「――私は、前の結婚で顧みられない妻で……広い邸《やしき》の中で、一人で暮らしていたようなものでした。だから夫のために、家のために、役に立とうと頑張ったんです。でも結局は全部空回りして、挙句に浮気されて終わりました」

カイゼル様がじっとこちらを見ている。

「あの頃は、頑張ってもなんの意味もなかったと、毎日空しくて仕方なかった。でも、今はその時

に頑張ったことが辺境の暮らしに役立っていて、こうして看護師の仕事に生きがいを感じられるようになった。――そう思えるようになれたのは、辺境の皆さんと、カイゼル様のおかげです」

「……アシュリー」

早く、私の気持ちを伝えなくちゃ。

心臓の音がうるさい。

怖くて手が震える――

もう誰かを愛して傷つくのは怖い。

でも、それで目の前にいる彼を傷つけてしまうのは、もっと怖い。

自分の弱さのせいで彼を不安にさせて、これ以上傷つけたくない。

それに、何よりも私が今、彼の特別になりたいと望んでいる。

「私は、離婚歴のある傷物令嬢です。社交の場に出れば、私のせいで貴方が貶められることもあるでしょう。それでも……そんな私でも、貴方は望んでくれますか？　傷物の私でも、愛して――」

「愛してるよ」

言葉を言い終える前に、彼の腕の中に閉じ込められた。

彼の想いを反映するかのように、強く抱きしめられる。

「どんなアシュリーでも愛してるよ。どんな過去があっても、それが今のアシュリーに繋がっているんだ。自分を卑下することなんか何一つないし、辺境の奴らは皆アシュリーを認めて、必要としている。それはアシュリーの自信にならない？」

「……っ」

胸が詰まって言葉にならない代わりに、彼の背中に手を回して抱き返した。

「ったく、俺がどれだけアシュリーを好きだと思ってんの。五年も片想いしてんだぞ？　いや、学生の時を入れたらもっとか」

「え？　学生の時って……？」

「アシュリーは知らなかったと思うけど、俺も王都の学園に通ってたんだよ。一学年上だったし、騎士科で校舎も違ったから全然関わりがなかったけどな」

うそ、カイゼル様も同じ学園だったの？

「俺、学生の頃もアシュリーに恋してたんだ。騎士科の試合を見学に来るたびに、可愛いな、綺麗な子だなって見惚れてた。まあ、好きだと思った瞬間に速攻で失恋したけど」

彼が苦笑して話してくれたことに、なんだかいたたまれなくなった。

あの頃の私はライナスしか見ていなかったから、他の男子生徒の顔は全然覚えていない。

「でも今の俺がアシュリーを愛してるのは、あの頃のような軽い理由じゃないよ」

急に真剣な顔で私を見つめる彼に、ドキッとする。

「俺はアシュリーが看護師として、目の前の命から逃げずに向き合っていく姿に、俺たちと一緒に一人でも多くの命を救うために努力する姿に、――その生き様に惚れたんだよ」

――彼の言葉が嬉しくて、涙が込み上げる。

私が歩いてきた道を、彼は近くで見守ってくれていた。

辺境の民を守る同志として扱ってくれた。

だから私も、矜持を持って看護師の仕事を続けられた。


「アシュリーはまだ俺が怖い？」

彼が私の頬に触れ、額同士を合わせる。

「怖くないわ」

「でもまだ怯えてるでしょ？」

「……それは貴方が怖いんじゃなくて、また人を愛して傷つくのが怖いの」

正直に口にしたら、不安が涙となって流れ落ちる。

それを彼が優しく拭ってくれた。

「正直に言うと、この先絶対傷つけないとは言えない。俺は辺境騎士だから、いつ死ぬかわからない身だ。だから一生側にいると約束はできない」

彼の言葉に私は頷く。それは十分わかっている。

今まで何度も、戦いで命を落とした騎士たちを見てきた。

いくらカイゼル様が強くたって、辺境の騎士でいる限り、死なない保証なんかどこにもない。

辺境騎士の妻になる女性には、覚悟が必要なのだ――

「それでも俺は、最期の時までアシュリーと生きたい。一緒にこの地を守って、家族を作って、二人で幸せになりたい」

「……っ」

彼の描く未来に、涙がまたこぼれた。

それは私が一度捨てた夢。

愛する人と夫婦になって、子供たちと一緒に仲良く幸せに暮らす夢。

貴方もその夢を見ているの？

その夢の中に、私もいるの？

脳裏に浮かんだその幸せな光景に胸が締めつけられて、涙がどんどんこぼれていく。

抱きしめられたその温かさに、私の不安が溶けていくような気がした。

「俺と結婚して、アシュリー」

彼が真剣な顔をして、私を見つめる。

綺麗なアメジストの瞳が熱を纏い、私を捉える。

「長生きするとは誓えないけど、最期の時まで俺の全力でアシュリーを愛することは誓えるよ。これからそれを証明するから、だから俺と一緒に生きてよ。アシュリー」

常に前線に立っている彼は、決して生半可な言葉を口にしない。

本気で私を求めてくれている。

本気で、最期の時まで一緒にいたいと思ってくれている。

それなら私は――

目の前の彼の頬を両手で包み込んで、自分に引き寄せる。

彼の目が見開いて、驚いているのが見えた。

けれど、私は構わずそのまま彼に口づける。

この熱を通して、私の想いのすべてが彼に伝わればいい。

「愛してる。貴方を愛してる」

唇を離してそう言葉にすると、彼の瞳が熱と共に潤んでいた。

「それって……俺と結婚してくれるってことでいいのか？」

「はい。私をカイゼル様の妻にしてください」

「アシュリー……っ」

もう私を絶対逃がさないとでもいうように、再び強く抱きしめられた。

そして顔を上に向けられ、荒々しく唇を塞がれる。

何度も角度を変えて、何度も「愛してる」の言葉を聞きながら、徐々に深まる口づけに、私は身を委ねた。

同じ未来を描く貴方となら、一緒に歩いていける。

一緒に――幸せになりたい。

◇◇◇◇

澄み渡った青い空に、祝福の鐘が鳴り響く。

プロポーズを受けてから一年後、私とカイゼル様は結婚した。

両親や弟、セイラや辺境伯家の人たち、騎士団の皆、そして今まで看護師の仕事でかかわった仲間や領民たち。皆の祝福に包まれて、私たちはフラワーシャワーの中を歩く。

「アシュリー、とっても綺麗よ。おめでとう」

「ありがとう、セイラ。本当に貴女には感謝してもしきれないわ。セイラがいなかったらきっと今の私はいないもの。貴女は私の自慢の親友よ」

「私だって今まで貴女にたくさん助けられたわ。だからアシュリーには幸せになってもらわないと私の気が済まないの。よかったわねカイゼル、長年の想いが実って。貴方も幸せにね」

「もう既に幸せだよ。俺もセイラに感謝してる。アシュリーを辺境に連れてきてくれてありがとう」

「ふふっ。貴方たちが一緒になるかは賭けだったけど、幸せそうで何よりだわ」

セイラは実は、学園時代のカイゼル様の想いを知っていたらしい。

私やカイゼル様が抱えていた傷の深さを考えると、一緒になるのは難しいだろうと思ってはいたけど、そうなったらいいなという期待を少しだけ持っていたのだとか。

だから、こうして私たちが結婚することを報告した時は、涙を浮かべてとても喜んでくれた。

「さあ、俺の愛しの奥さん。そろそろ会場に向かいますよ」

「はい、私の愛しの旦那様」

「……っ」

自分から言ってきたのに、私も同じように返したら、カイゼル様の顔が瞬時に真っ赤に染まった。

それがあまりにも可愛くてクスクス笑っていると、腰を引き寄せられて口を塞がれる。

「な……っ」

今、数秒だったとはいえ、皆の前で深い口づけをした!?

「笑ったから、仕返し」

口角を上げて笑うその表情は、いつもの犬っぽさはどこにもなく、大人の男性の色気を纏っていた。周りから冷やかしの声が聞こえて、今度は私の顔が真っ赤に染まる。

そして顔の熱が冷めぬまま、エスコートで差し出された彼の腕に自分の腕を絡めた時、視界の隅に懐かしい顔が見えた気がした。

遠くに見える並木道に視線を向けると、一瞬だけ、かつて毎日のように眺めていた背中が見えた気がした。けれど、瞬きをした瞬間にはもう何も見えなかった。

ライナス――？

……そんなわけないか。彼がこんなところにいるはずないものね。

「アシュリー？　どうした？」

「ううん。なんでもない」


彼のエスコートで披露宴会場に向かう。

その後は皆と楽しいひと時を過ごした。

両親は、前回の私の悲惨な結婚生活を知っているだけに、私がこうしてまた幸せを掴めたことに終始泣きっぱなしで「今度こそ幸せになりなさい」と抱きしめてくれた。

辺境伯家の皆は「やーっとアシュリーさんがカイゼルのお嫁さんになってくれたわ〜」と、こちらも手放しで喜んでくれた。

私に二度目の結婚という瑕疵《かし》があるにもかかわらず、こうして家族として歓迎してくれる皆さんには感謝しかない。

そして騎士団の皆や先生は、カイゼル様を冷やかしつつも、ロドルフ様の死を乗り越えて幸せそうにしている彼を、嬉しそうに見ていた。

皆の笑顔にあふれた、とてもいい式だったと思う。


そんな幸せの余韻に浸りながら、私は今、夫婦の主寝室にいた。

今は、カイゼル様が訪れるのをベッドの上で待っている。

披露宴が終われば次に迎えるのは当然初夜で、実は今めちゃくちゃ緊張している。

カイゼル様とは恋人になったものの、体の関係はまだなかった。

それは、私がまだ怖くて、どうしても踏み出せなかったから。

そして彼もそれを察していたのか、口づけ以上を求めてくることはなかった。

だから、体を重ねるのは今日が初めてなのだ。

心臓がバクバクと激しい音を鳴らしている。

緊張と不安でどうにかなってしまいそうだ。

どうにか心を落ち着かせようとしていると、扉をノックする音が聞こえる。

返事をすると、湯浴み後の濡れた髪に、ガウンだけを羽織ったカイゼル様が部屋に入ってきた。

「遅くなってごめん、アシュリー」

「だ、だだだだだ、大丈夫、です！」

声をかけられてビクつき、更には思い切り声が裏返ってしまった。

緊張しているのがバレバレで、恥ずかしくて死にそう。

恥ずかしいのはこの状況だけではない。

侍女に用意された夜着が薄すぎて、しかも少し透けていてまったく隠れていない。

羞恥で真っ赤な顔を見られたくなくて俯いていると、カイゼル様が隣に座った反動でベッドが揺れる。その拍子に、私の体がカイゼル様のほうに傾いた。

意図せずにガウンの隙間から見える彼の逞しい胸板に、頬を寄せる形になる。

「ごごごっ、ごめんなさい!!」

口ごもりながら慌てて離れようとしたら、そのまま彼に抱きしめられた。

彼の肌を直接感じて、私の心拍数が更にすごいことになったけど、よく耳を澄ませると彼の心音も速い。どうやら緊張しているのは私だけではないらしい。

「……アシュリー、俺に抱かれるの怖がってるよね？　朝から結婚式の準備で疲れてるだろう？　俺も無理強いするつもりはないから、今日はやめておこう」

初夜をやめるという彼の言葉に衝撃を受け、私は離れていく彼のガウンを掴んで引き止めた。

「だめ、やめないで」

「アシュリー。でも……」

また彼は私を気遣って我慢しようとする。そんなのダメだ。

「違うの。私は貴方に抱かれるのが怖いんじゃない。私を抱いて、貴方に飽きられるのが怖いの。馬鹿げた考えだってわかってる。何も考えずにただ貴方に抱かれたいのに、いつまでも昔のことを引きずってごめんなさい……っ。でもお願い……やめるなんて言わないで」

ホントはこんなこと言いたくない。

昔の傷を話すということは、元夫のことを話すのと同じだ。

初夜でそれはあんまりだろう。

自分がどれだけ最低なことをしてるかわかってる。

でも心臓を鷲掴みされたように、胸がギュッと締めつけられて、勝手に体が震えるのだ。

隠せない以上、素直に話すしかない。

どんなに隠して取り繕っても、彼は私の小さな変化を見抜いてしまうから。

それなら下手に隠すよりすべてを曝け出したほうが、彼を傷つけないで済む。

「……こんなに震えてるのに、抱いていいの？」

彼が私の腰に腕を回して優しく抱き寄せた。

もう片方の手は私の頬を撫でている。

「お願い、嫌いにならないで。飽きられないように私頑張るから、だから——んっ」

カイゼル様に口を塞がれて、私は最後まで言葉を紡げなかった。

普段は優しい触れるだけの口づけから徐々に深まっていくのに、最初からまるで食べられてしまうんじゃないかと思うほど激しく唇を求められる。

息が追いつかなくなり、大きめに口を開いて酸素を取り込もうとすると、すかさず彼の舌が口内に侵入してきた。

「ふあ……んっ、カイゼル様……っ」

「アシュリー、俺を見て」

「んんっ」

深く舌を差し入れられて上顎をなぞられると、体がゾクゾクと震える。

それは先ほどのような恐怖ではなく、快感によるものだった。

膝裏に腕を差し込まれて横抱きにされ、口づけたままベッドに寝かされる。

今までの彼はずっと加減していたのではというくらい、激しく口内を貪られた。

やっと唇が解放された頃にはクタクタで、体に力が入らない。

荒くなった息を整えようと酸素を深く吸い込むと、彼がジッと私を見つめていることに気づく。

「やっと俺を見た」

どういう意味だろう――？

私はずっとカイゼル様の目を見て会話をしていたつもりだけど……

「よく見て、アシュリー。今から君を抱くのは過去に君を傷つけた男じゃない。君の夫のカイゼル・シュタイナーだ。俺がアシュリーに飽きる？　そんなのあり得ない。俺がどれだけアシュリーを求めてると思ってんの」

いつも優し気な彼の瞳が、獲物を捕らえる獰猛な色に変わった。

「もう、遠慮するのやめた。ずっと俺に抱かれるのが怖いのかと思ってたけど違うみたいだし、逆に今のアシュリーには遠慮しないほうがいいってわかったから、もう手加減しないよ」

「お、怒ってるの？」

「怒ってない。でも俺の愛が半分も伝わってないことに不甲斐なさは感じてるかな。アシュリーの自己評価の低さを正常に戻すには、どうやらドロドロに甘やかしたほうがいいみたいだね。いいよ。今から全力で俺の愛情をぶつけてあげる。後で俺の愛が重いって言われても、離してあげられないから覚悟してね」

そう言うと彼は着崩れていたガウンを脱ぎ捨て、上半身を露わにした。

私はその綺麗な肉体美に思わず見惚れてしまう。

鍛えすぎているわけでもなく、見せかけでもない。

無駄を削ぎ落とし、剣技に適した完璧な筋肉を備えていた。

そして彼は再び私に覆い被さる。

「愛してるよアシュリー。余計なこと考える暇がないくらい、心も体も俺で埋めてあげる」

普段は見たこともないほどの色気を身に纏い、彼は熱を帯びた瞳で私を射抜いた。

「んっ」

私の頬に触れていた彼の手が、ゆっくりと肌をなぞりながら下に降りていく。

くすぐったくて身を捩るけど、彼が上に乗っているので全然動けない。

やがて鎖骨を通って胸元に届いた彼の手が、リボンの結び目に差しかかる。

——あ、と思った瞬間には胸元のリボンが解かれ、左右に夜着を開かれていた。

私の一糸纏わぬ姿が彼の目前に晒される。

「綺麗だ。アシュリー」

ジッと見られていることに耐えられず、羞恥で体を隠そうとすると、彼に手を取られた。

そして、そのまま顔の横に縫い留められる。

「隠しちゃダメだよ。全部見せて。アシュリーはもう俺のものなんだから」

綺麗なアメジストの瞳から伝わる激しい熱に、彼に強く求められているのだと感じて、嬉しくて胸に熱いものが広がっていく。

「好き、大好き、カイゼル様。愛してる」

「……っ、覚悟してねって言ってるのに、更に俺を煽るのかっ」

再び噛みつくような激しい口づけに翻弄されながら、私も彼の首に手を回し、彼を求めた。

◇◇◇◇

「アシュリー、愛してる」

もう何度「愛してる」と言われただろう。

最初のほうは私も返していたけど、今はただ嬌声を上げるだけになってしまった。

何度も高みに押し上げられ、快感がはじける。

もう体の中で彼が触れていないところはないんじゃないかというくらい、全身を彼に愛された。

時には宝物を扱うようにそっと、優しく。

そして時には、私のすべては自分のものだと知らしめるように、私の体中に所有印を残した。

「アシュリー……っ、俺のアシュリーっ」

彼の深い愛を全身に受け、女として強く求められ、心が震える。

幸せすぎてどうにかなってしまいそうだ。

事後の甘い雰囲気に酔いしれながら、彼の口づけを受ける。

「泣かないでアシュリー。痛かった？　加減できなくてごめん」

「違います。幸せすぎて、嬉しくて……っ」

ありきたりな言葉しか出てこなくて、彼の首に手を回してぎゅっと彼を抱きしめた。

「愛してます、カイゼル様」

「あー……、もう可愛すぎるっ。俺も愛してるよ。ずっとずっとアシュリーが欲しかった。だからこうしてアシュリーを抱いてるなんて夢みたいだよ。俺、今すごい幸せだ――」

「……ふっ、……うううぅぅ～っ」

彼の言葉に胸が詰まって苦しい。

私の存在が、彼を幸せにしているのだと教えられて、嬉しさで泣けてくる。

彼の言葉はいつも、まっすぐに私の心に響く。

そしてその余韻が染み渡り、傷ついてささくれ立った私の心を、温かく包んでくれた。

だから私もカイゼル様に惹かれたの――

「アシュリー？　もっと泣いちゃったな。俺はどうしたらいいんだ？」

本格的に泣き出してしまった私に、カイゼル様があわあわと焦りだす。

彼がいつもまっすぐに伝えてくれるから、私もこれからは口に出して伝えなくちゃ。

「私も……すごく幸せ。貴方の妻にしてくれてありがとう」

彼が愛しくて私から口づけると、下腹部に触れる違和感に気づいた。

「……カイゼル様？」

「アシュリーが可愛いのが悪い。俺をずっと煽ってばかりだ」

そして彼が再び動き出す。

「え？　ちょっと待って……カイゼル様っ」
「待たない。覚悟してねって最初に言っただろう？　俺の愛はまだ全然伝えきれてないよ。だからもっと受け止めて。もっと俺に溺れて、もっと俺のことだけ考えて。愛してるよ、アシュリー」

――その後、私は二人の結婚休暇が終わる一週間後まで、ほとんど寝室から出られない状態だった。

とりあえず、彼の愛情を受け止めるために体力をつけよう。
そう心に誓った彼との蜜月だった。

エピローグ

「カイゼル様」

白いカーテンを開けて、朝日を取り込む。

窓を開けると清廉な空気が流れてきた。

「いい天気。今日は洗濯日和ね」

治療院のシーツや病衣を庭で干す計画を立てながら、呼びかけに応じない夫のもとへ向かう。

ベッドでまだ寝息を立てている愛しい夫の頬に触れ、軽く叩いて覚醒を促す。

「カイゼル様、起きてください。朝ですよ」

「ん……ん〜……」

わずかに返事を返したが、一向にその瞳が開かれる様子はない。

それどころか再び寝息を立て始めそうだったので、今度は肩を揺らした。

「カイゼル様、起きてくださいってば。早くしないと朝の鍛錬に遅れ――きゃあっ!!」

突然腕を掴まれてベッドの中に引きずり込まれる。

「カイゼル様！　何をして――んんっ」

ぎゅっと抱きしめられ、そのまま口づけられた。

チュッと軽いリップ音を鳴らしながら、彼はいつものように蕩けるような笑顔で私を見つめる。

「おはようアシュリー。なんかいい匂いする。今日の朝食は何？」

「今日はパンを焼きました。ベーコンとチーズと玉子もありますよ」

カイゼル様と結婚してから、朝食はなるべく私が作るようにしている。

新居に料理人はいるけど、カイゼル様がとても喜んでくれるから、これからも続けていきたい。

「美味しそう。聞いたら腹減ってきたな」

「ふふっ、じゃあ早く起きて一緒に食べましょう」

体を起こしてベッドから出ようとすると、再び腰に腕を回されて口を塞がれる。

「カイゼル様！」

「カイゼル」

「え？」

「俺はもうアシュリーの夫なんだから『様』はいらない。それから敬語もなし。夫婦なのに敬語使われると、距離を感じて寂しいよ」

「う……」

シュンとして悲しそうな顔をする夫の頭に、またしてもへにゃっと下がった犬の耳が見える。

ああ――もう。私は彼のこの顔に弱いのよ。

「カイゼル」

私が名を呼ぶと、パアっと喜びの笑顔を浮かべ、私の額に口づけを落とした。

幸せそうな彼を見ていると、私も幸せな気持ちで満たされる。

些細なことでもいいの。こうして一つ一つ、小さな幸せを、二人で積み重ねていきたい。

◇◇◇◇

「先生！　アシュリーが倒れたってホントか⁉」

全力疾走で来たのか、息を切らしてカイゼルが病室に駆け込んできた。

「落ち着けバカタレ。他にも患者がいるんだから大声出すな」

「だってアシュリーが！」

「カイゼル、私は大丈夫よ。ちょっと気持ち悪くなっちゃっただけだから」

「アシュリー……っ」

私の手を握って安堵の息を漏らす夫に、愛情を感じて胸が温かくなる。

「それで？　具合が悪くなった原因はなんだったんだ？　働きすぎか？　先生は人使いが荒いからな。いつか文句を言ってやろうって前々から思ってたんだ」

「おい。勝手に俺のせいにするな」

「違うの。えっと……、あのね――ここに、いるみたいなの」

そう言って私は、お腹の上に手を添えた。

「え？」

「――赤ちゃんが、できたみたいなの」

「……え？」

カイゼルの瞳が大きく開き、私の顔とお腹を数回交互に見た後、突然ぼろぼろと泣き始めた。

「カイゼル!?」

「ありがとうアシュリー！　すっごい嬉しいよ！」

そう言って、私をぎゅうっと抱きしめた。

「アシュリーと結婚できただけでも幸せすぎるのに、子供にも恵まれるなんて、ホント夢みたいだ」

「うん。――うん。私もすごく嬉しい」

カイゼルにつられて、私まで泣けてきた。

まさか、結婚して三ヶ月で身籠るなんて思いもしなかったもの。

結婚してから毎日のように彼に求められたから、もしかしたら――という淡い期待は持っていたけれど、それが本当に叶うなんて、幸せで胸がいっぱいだわ。

「男の子かな、女の子かな。名前考えなくちゃな」

「ふふっ、気が早いわよ」

その後、先生に妊娠初期の注意事項を教えてもらい、本格的につわりが始まってしまった私は、体調が落ち着くまで仕事を休ませてもらうことになった。

休んでいる期間、ソフィア様が孫の誕生を楽しみにいろいろと世話をしてくれたので、至れり尽くせりの妊娠生活だったと思う。

——あえて難をあげるとすれば、カイゼルの私への過保護が止まらないことだろうか……


「アシュリー！　体調はどう？　お腹の子は元気？」

「また来たのかお前。今朝会ったばかりだろ。ていうか家で毎日会ってんだろーが」

「うるさいな。愛する妻と子供を心配して何が悪い！」

「仕事中だ。気が散るから早く帰れ」

私は苦笑しながら二人の言い合いを眺めている。先生が呆れるのも無理はない。

なぜなら一日に三回くらい、こうしてカイゼルが私の様子を見に来ているのだから。


あれからつわりも落ち着き、安定期を過ぎてお腹が目立つようになった頃、助産師から無理しない程度に体を動かしたほうがいいと言われ、仕事に復帰することにした。

といってもカルテの整理をしたり、薬や医療品の発注をしたり、事務作業がほとんどだけれど。

「アシュリー。少しでも体調が悪くなったらすぐに休むんだぞ？　もうアシュリーだけの体じゃないんだからな」

「わかってるわカイゼル。絶対無理はしないから、そう何度も来なくて大丈夫よ。ほら、早く仕事に戻って。団長がこんなところで油売ってちゃダメよ」

「でも——」

「カイゼル!! やっぱりここにいたか!!」

「げっ、兄上!」

医務室の扉が勢いよく開き、怒りの表情を浮かべたセシル様が入ってきた。

「今日は会議だって言ってあっただろ! 団長のお前が顔出さないでどうすんだ!」

「いや、そういうのは副団長に任せてるから――って、ちょっ、何すんだ! 襟引っ張るなよ!」

「妻が心配なのはわかるが、なんでもかんでも副団長に押しつけるな! さっさと来い!」

「アシュリーには医者の俺がついてるから心配すんな。はよ働け」

「アシュリー!」

「カイゼル。私は大丈夫。お仕事頑張って」

手を振りながら、セシル様に首根っこを掴まれて連行される夫を見送る。

兄弟のやり取りに声を出して笑っていると、ポコッとお腹が蹴られた。

「あ、お腹蹴った」

「親父がうるさいから起きちまったんじゃねーか?」

「ふふふっ、そうかもですね」

お腹を撫でながら、今ある幸せを噛みしめる。

まだ顔も性別もわからないこの子が、愛しくてしょうがない。

「じゃあ男の子だったらカミル、女の子だったらローゼマリーで決まりだな」

「ええ。どちらも素敵な名前だと思う」

妊娠当初から、二人で考えていた子供の名前が決まった。

「もうすぐだな。男の子かな、女の子かな。早くお前に会いたいよ」

大きくなったお腹にカイゼルが頬を寄せ、我が子の誕生を待ちわびる。

優しい空気に包まれながら、カイゼルと二人でお腹を撫でていた。

そして時は流れ——

「大丈夫かアシュリー!! 頑張れ!! 俺がついてるからな!! 先生早くなんとかしてくれよ!! もうずっとアシュリーが苦しんで……ぐはっ!!」

助産師に掴みかかろうとしていたカイゼルが、お義母様——ソフィア様に足蹴にされていた。デジャブを感じる。この光景、カミルを産んだ時にも見たわ。

「うるさいのよカイゼル!! アンタ邪魔だからこの部屋から出て行きなさい!! アシュリーの気が散るでしょ!!」

「母上!! なんで今回も邪魔すんだよ!! 俺は今回こそ我が子の誕生に立ち会うって決めてんだ!! いくら母上の言うことでも今日は絶対引かないぞ!!」

枕元で親子喧嘩を聞きながら、私は今、第二子を産もうとしている。

第一子は、カイゼルにそっくりな男の子だった。

初めての我が子を抱いて、二人で感動して泣いたのが昨日のことのように思い出される。

またあの時の感動を、もう一度二人で味わいたいと思いながら、陣痛に耐える。

——耐える……けれど、やっぱり痛いものは痛い！

「カイゼル！」

「どうしたアシュリー!!　大丈夫だ。俺はここにいるぞ」

「廊下で待ってて」

「そんなっ、アシュリーまで!?」

「心配しないで。二度目の出産だから大丈夫よ。それにすごく痛くてなりふり構ってられないから、そんな姿を貴方に見られたくないわ」

本人は応援してるつもりだから悪く言えないけど、陣痛中にやたら話しかけられるのは正直言って気が散る。わかってカイゼル。

「何言ってんだアシュリー。何も心配することはない。俺はどんなアシュリーでも愛してるよ」

「いや、そういう問題じゃないのよ。遠回しに出て行けって言われてんのよ。ほら、行った行った」

「ちょっ、母上！　押すなよ！」

カイゼルが部屋から出されるのを阻止しようとしていると、たどたどしい可愛い声が響く。

「ちちうえ」

二歳のカミルがトコトコとカイゼルの元に来て、父の袖を掴み、もう片方の手で人差し指を口元に添えた。

「し～っよ、ちちうえ。うるさくしちゃダメっていつも先生とははうえが言ってたよ。かんじゃさんのめーわくになるよって。ダメよって」

「ほらぁっ、カミルのほうがわかってるじゃないの！　二歳にして空気が読めるなんて、なんてイイ男なの！　将来有望ね♪」

「ちちうえ、ボクといっしょに、あっちでまってよーね」

カミルは小さな手でカイゼルの手をギュッと掴むと、ニコッと笑いかけた。

「……わかりました」

自分と同じアメジスト色の曇りなき眼と可愛い仕草に悶えて、結局カイゼルは病室を出ることになり、二度目の出産も立ち会えなかった。

でも仕方ないわよね。必死な顔して踏ん張るところを、好きな人に見られたくないっていう女心もわかってほしい。

こうして私は、第二子である女児を出産した。


「わぁぁ、ちっちゃい。赤ちゃんかわい～ねぇ」

カイゼルの腕の中で眠る小さな妹を見て、カミルが嬉しそうに頭を撫でている。

「ふふっ、カミルもまだちっちゃいけどね。今日から貴方もお兄様よ。妹を守ってあげてね」

「うん！　いっぱいあそんであげりゅの！」

「……で、カイゼルはいつまで泣いてるの？」

「うぅっ、ありがとうアシュリー。息子だけでなく娘まで産んでくれて、俺は世界一の幸せ者だ」

カイゼルはカミルの時と同じように、小さな娘に指をギュッと掴まれ、感動して滂沱の涙を流している。予想通りだわ。

「ローゼマリー。お前の名前はローゼマリーだ。俺が命に代えても守ってやるからな。嫁にも行かなくていいぞ」

「生まれたばかりで何言ってるの。それに貴族令嬢が嫁に行かなかったらこの子が世間から悪く言われるでしょ」

「こんなにアシュリーにそっくりな可愛い娘なんだぞ！　それをどこの馬の骨とも知れぬ男に渡すなんて、考えただけで腹立たしい!!」

「まったくもう……。今から先が思いやられるわね」


カイゼルの子煩悩ぶりは、カミルで既に証明されている。

ことあるごとにカミルを「天使」と称え、抱き上げて触れ合うことも忘れない。

そしてカミルはやっぱり男の子だからか、騎士としてのカイゼルに憧れている。

まだ二歳だけど剣に興味を持ち、子供用の模造剣を手に、祖父のルードヴィヒ様やセシル様の子供たちと毎日のように騎士ごっこをして遊んでいる。

私たちは辺境伯の分家で領地を持っているわけではないから、必ずしも子供に後を継がせなければならないという縛りはない。

だから、カミルやローゼマリーが自分で決めた道を進んでほしいと思ってる。

私たち夫婦が子供に望むのは一つだけ。

どうか幸せに。——ただそれだけだ。

「ふぎゃあっ、んぎゃあ」

「ははうえ！　ロージェマリーないちゃった！」

「あらあら、オムツかしら？」

「待ってろ！　俺が新しいの持ってくる！」


今日から家族が一人増えて、また慌ただしい日常が始まる。

そんな何気ない家族の日常が、ただただ愛おしい。

「カイゼル、私すごく幸せよ。愛してるわ」

「俺も愛してるよ」

そう言って、彼は私に口づけを贈った。

こうしてまた一つ、貴方と紡いだ幸せが、折り重なる。

◇◇◇◇

「初めまして、バーンズ公爵家が三男、ジュードと申します。七歳です」

「初めまして、シュタイナーはくしゃくけがちゃくなん、カミルです。五さいです」

「はじめまちて、ろーじぇまりーでしゅ。三しゃいでしゅ」


雲一つない晴天の下、綺麗に咲いた花壇のチューリップが春風に揺れている。

今日は久しぶりに辺境に来た親友を邸《やしき》に招き、庭園でお茶会をすることにした。

「ふふっ、可愛いわね。初めまして、私はセイラよ。貴方たちのお父様の従妹で、お母様のお友達なの。よろしくね」

「俺はジュリアンだ。よろしくな」

子供たちが手を取り合い、使用人たちに見守られながら仲良く遊んでいる。

それはとても微笑ましい光景で、見ているだけで胸が温かくなる。

「カミルはカイゼル似で、ローゼマリーはアシュリーに似てるのね。カイゼルのことだから娘にはデレデレなんじゃないの？」

「そうなの。赤ちゃんの時から嫁には出さない!!　とか宣言してて困ったものだわ」

「あら、ウチのジュードでもダメ？」

「俺より強い男になれたら考えてもいいぞ」

「何それっ、貴方より強い男なんてこの国で見つけるのは至難の技じゃない。ジュードも脳筋にならなきゃダメってこと？」

「おい、脳筋って悪口だからな」

「ははは っ、ローゼマリー嬢の縁談相手は難航しそうだな」

ジュリアン様の聞き捨てならないセリフに、全員がジト目で彼を見た。

彼自身も、セイラにそっくりな長女セラフィーナへの縁談の申し込みを片っ端から断っている。

「娘の縁談を潰してる貴方が言えるセリフじゃないわね。ジュリー？」

「お眼鏡に叶う男がいないんだからしょうがないだろ」

「ふふっ、お互い娘の縁談には苦労しそうね。セイラ」

「ホントよね。二人ともほどほどにしないと、娘に鬱陶しがられて嫌われるわよ」

「「それは絶対嫌だ！」」

夫二人の絶叫に、セイラと一緒に声を上げて笑う。

その後、遊び疲れた子供たちが戻り、

「わたち、ジュードにいしゃま、だいしゅき！」

――と、満面の笑みでジュードに抱きついたローゼマリーに、カイゼルが絶叫したり。

「本人が望んでるなら婚約させせる？」

なんて楽し気に提案するセイラに、カイゼルが断固拒否をしていたり。

愛しい子供二人に、声がうるさいと注意されて落ち込んでいるカイゼルがいたり。

楽しい思い出が、また一つ増えていく。

「アシュリー、幸せそうね」

「ええ。すごく幸せよ」

あの頃は、こんな幸せな毎日が過ごせるなんて思わなかった。

傷ついて、ボロボロになって、生きる気力もなくして――

でもカイゼルと出会って、彼が私の捨てた夢を拾い上げてくれた。

もう二度と叶わないと思っていた夢が、今、目の前に広がっている。

愛する夫と子供たちの笑い声が、幸せの音が響いてる。

『それでも俺は、最期の時までアシュリーと生きたい。一緒にこの地を守って、家族を作って、二人で幸せになりたい』

あの時貴方が描いた未来に、私が夢見ていた未来に、貴方と一緒にいられたことが、私は何よりも幸せだった――

その幸せは、ずっと色褪せずに、今も私の中で輝いている。

きっと生涯、忘れることはない――

◇◇◇◇

「母上、俺はやっぱり辺境騎士になります。修行中にいろいろ考えたけど、俺も父上のように強くなって、大事なものを守れる男になりたい」

長男のカミルは、早いもので十五歳になった。

八歳の時に、カイゼルの師匠に弟子入りして山で修行を積み、今年逞しい少年になって帰ってきたのだ。

もう学園に入学する年なので進路希望を聞くと、父と同じ王都の学園の騎士科に入学したいと打ち明けられた。カイゼルと同じ道に進みたいらしい。

ずっと医者になるか、騎士になるか悩んでいたのは知っていたから、どちらを選んでも私は応援すると決めていた。

「そう。貴方が決めたのなら応援するわ。でも、辺境騎士団は生半可な精神では務まらないわよ。貴方にその覚悟がある？」

「――はい。俺は父上の息子ですから。やり遂げてみせますよ」

そう言って微笑んだカミルの瞳に、確かな決意の色を感じた。


国境を一望出来る小高い丘に立ち、地平線を眺める。

彼が命を懸けて守ったこの国の生命線。

私たちがこの地で笑って生きていられるのは、彼や彼らの仲間たちが命を懸けて戦ってくれているからだ。その仲間に今、私たちの息子も加わろうとしている。

「貴方のような男になりたいんですって。父親冥利に尽きるわね、カイゼル」

カイゼルの名が刻まれた白い墓石を撫でて、私は微笑む。

「生きているうちに聞いていたら、きっと号泣しちゃうんでしょうね。ふふっ」

クスクスと笑いながらカイゼルと会話していると、後ろから不満げに私を呼ぶ声がした。

「お母様！　一人で先に行かないでよ～、お弁当一人で持つの重いわ」

「あら、ごめんなさい」

カミルとは二つ歳の離れた妹のローゼマリーが、お弁当の入ったバスケットを両手で持ちながら丘を登ってくる。

彼女はカミルと違い、王都の学園には行かずに自領の医療学校に入学して医者になる、と前々から宣言していた。

小さな頃から騎士団の屯所に出入りして私や先生の仕事を見てきたので、令嬢としてただ嫁に行くだけの人生じゃなく、医療の道に進みたいと言われたのだ。

「今度ジュード兄様が辺境に来るのよね？　会えるのが楽しみ！」

カイゼルの墓石の前でピクニックの準備をしながら、ローゼマリーが明るく笑い、頬を染めている。

来年の春、セイラの三男ジュードが学園を卒業後、辺境伯家に居候することが決まっている。

ジュードもこちらの医療学校に入り、医者を目指したいらしい。

昔から再従兄弟《はとこ》のジュードが大好きなローゼマリーは、彼が自分と同じ道を志すことと、もうすぐ彼と毎日のように会えることが嬉しくて仕方ないのだ。初恋らしい。

「ローゼマリーの初恋だなんて、カイゼルが聞いたらヤキモチ焼いて騒ぎそうね。ふふふっ」

「まあ、お父様は私のこと大好きだからね～。でもお母様には負けるわよ。お父様の一番はいつでもお母様だもの。ね、お父様」

ローゼマリーがカイゼルの墓石に話しかけると、暖かい優しい風が吹き抜けて、まるで彼がそこにいるような気がした。

ねえ、カイゼル。

私たちの子供が、自分の決めた道を歩こうとしているわ。

カミルは貴方のような辺境騎士に、そしてローゼマリーは医師になって、貴方のような優秀な騎士の命を守りたいんですって。

二人とも、「辺境を守りたい」という貴方の遺志を受け継いでいる。

そうしなさいって教えてないのに、不思議ね。

教えていなくても、二人とも貴方の背中を見て育ち、貴方を父として誇りに思っている。

私も、貴方を誇りに思うわ。

――カイゼルは、二年前の大規模スタンピードで戦死した。

それに備えて三ヶ国で共同戦線を張っていたので、連携の取れた対応ができた。

だけど、想定外のことが起きてしまった。

スタンピードが落ち着きを見せた頃、ほとんど人間の前に姿を現すことのないS級クラスの古代竜が突如目の前に現れたのだ。

規格外の大きさに加え、竜の吹き出す炎はとても厄介で、これが市街地に出れば、世界など半日で滅んでしまうほどの脅威だった。

三ヶ国は急遽、古代竜を結界内に閉じ込め、それぞれの国の精鋭部隊による討伐を行うことを決めた。

北の国の魔法、我が国の卓越した戦闘技術、南の国の最新の銃火器。

三ヶ国の共闘により、見事人間が勝利した。トドメを刺したのは竜の弱点である顎を大剣で突き刺したカイゼルだった。

——だから、至近距離にいて避けきれなかったのだ。

古代竜が最期の悪あがきで放った自爆魔法で、カイゼルを含め半分以上の人間が爆発に巻き込まれて死んだ。即死だった。

肉片がそこかしこに落ちている悲惨な現場だったが、精鋭の魔術師たちが、せめて死んだ英雄たちが家に帰れるようにと修復魔法をかけてくれた。遺体は綺麗に修復され、その亡骸はすべて各国に返された。

スタンピード終了後に西の帝国が戦争をしかける可能性にも備えていたが、諜報によると、西の帝国は一番先に古代竜の被害に遭っていたようで、戦争を起こすどころじゃなくなったらしい。

こうして大規模スタンピードは終息し、戦争の危機も回避された。

でも、私たちはカイゼルを失った――

その悲しみは計り知れないもので、私はしばらく仕事も何も手につかなかった。後を追いたいとすら思ったけど、子供たちの存在が私を思い留まらせた。

悲しみに暮れる日々の中、私たちを救ったのはやっぱりカイゼルだった。

彼は討伐に行くたびに、家族に手紙を残していた。

いつ何があるかわからないから、と結婚してからずっと続けていたことだ。

その最後の手紙を、セシル様から受け取った。

手紙を開くと、いつも通り、私と子供たちへの愛の言葉が並んでいる。

でも今回の討伐には、彼も今までとは違う何かを感じていたのかもしれない。

いつもとは違うメッセージが最後に綴られていた。

『アシュリー。俺と結婚してくれてありがとう。俺の子供を産んでくれてありがとう。アシュリーと出会えたことが俺の人生最大の幸運だよ。一緒にいられて毎日幸せだった。もしこの戦いで俺が帰らなくても、アシュリーは自分が今まで生きた道をそのまま進んでくれ。辺境の民をこれからも守ってほしい。子供たちのことも頼んだぞ。まあ、言われなくてもそうするってわかってるけど。俺が惚れた女はそういう女だから。最後に――愛してるよアシュリー。死ぬほど愛してる。多分死んでも愛してる。だから来世でもまた俺と結婚してね』

これを読んだ子供たちは、泣きながら笑った。

「文才のない恋文で、父上らしいな。ははは っ」

「ほんと。お父様の愛、重すぎ。どれだけお母様大好きなの。死んでも諦める気がないし、来世もお母様のこと追いかける気満々じゃない。ふふふっ」

子供たちが楽しげに笑うから、私まで笑ってしまった。

「お父様とお母様が来世でも結婚するなら、また私たちが生まれるわね」

「そうだな。また父上に会えるな」

またいつかカイゼルに会える。

そう思えたら、私たちの涙は止まり、自然に笑えていた。

◇◇◇◇

「お母様、片づけが終わったから私は先に戻ってるわね」

「ええ。ありがとう」

先ほどより日差しが柔らかくなり、空には青と白のコントラストが映えている。

澄んだ空気が気持ちいい。

「――私、今度医療学校で看護科の教師になることになったの。これから忙しくなるわ。でも貴方には必ず会いに来るから、安心してね」

墓石を撫でて、額を寄せる。

気づけばカイゼルとは、ライナスといた時間よりも長く一緒にいた。

今ではあの辛かった日々も、すべてはカイゼルと出会うためのものだったのだと思っている。

カイゼルはプロポーズの言葉通り、最期の時まで全力で私を愛してくれた。

抱えきれないほどの愛情を、私と子供たちに注いでくれた。

彼の妻になれて、本当に本当に、毎日が幸せだった——

「だからカイゼル。私も誓えるわ。最期の時まで、私も貴方を愛してる」

そして家から持って来たチューリップの花束を、そっと墓石に置いた。

私から貴方に贈る、花言葉——


『愛の告白』

『永遠の愛』

『私を信じて』


貴方が信じてくれたように、私も自分を信じて、私の決めた道を歩いていく。

だから見守っていてほしい。

「まだまだずっと先になるけど、最期の時は迎えに来てね」

そして願わくば、来世でも貴方と共に——

丘を降りて歩き出した私の頬を、柔らかな風が撫でた。

Regina COMICS
悪役令嬢だそうですが、攻略対象その5以外は興味ありません
1~2
原作:千 遊雲
漫画:タロコ
大好評発売中!
ある日突然、大好きな乙女ゲームの悪役令嬢に転生したユナ。本当はヒロインの恋路を邪魔する役割なのだけれど……ヒロイン? シナリオ? そんなの関係ありません! 愛してやまない『攻略対象その5』の彼の役に立ち、喜ぶ姿を見るべく奮闘してたら…5歳で魔法のエキスパートになったり精霊と契約したりとシナリオはめちゃめちゃになっていて――!?
アルファポリス 漫画
検索
B6判
各定価:748円(10%税込)

この作品に対する皆様のご意見・ご感想をお待ちしております。

おハガキ・お手紙は以下の宛先にお送りください。

【宛先】

〒150-6008 東京都渋谷区恵比寿4-20-3 恵比寿ガーデンプレイスタワー8F
（株）アルファポリス　書籍感想係

メールフォームでのご意見・ご感想は右のＱＲコードから、
あるいは以下のワードで検索をかけてください。

アルファポリス 書籍の感想　検索

ご感想はこちらから

本書は、「アルファポリス」（https://www.alphapolis.co.jp/）に掲載されていたものを、
改稿、加筆のうえ、書籍化したものです。

私《わたし》に触《ふ》れない貴方《あなた》は、もう要《い》らない

ハナミズキ

2023年 3月 5日初版発行

編集－大木 瞳・森 順子
編集長－倉持真理
発行者－梶本雄介
発行所－株式会社アルファポリス
〒150-6008 東京都渋谷区恵比寿4-20-3 恵比寿ガーデンプレイスタワー8F
TEL 03-6277-1601（営業） 03-6277-1602（編集）
URL https://www.alphapolis.co.jp/
発売元－株式会社星雲社（共同出版社・流通責任出版社）
〒112-0005 東京都文京区水道1-3-30
TEL 03-3868-3275
装丁・本文イラスト－月戸
装丁デザイン－AFTERGLOW
（レーベルフォーマットデザイン—ansyyqdesign）
印刷－図書印刷株式会社

価格はカバーに表示されてあります。

落丁乱丁の場合はアルファポリスまでご連絡ください。

送料は小社負担でお取り替えします。


ISBN978-4-434-31672-2 C0093